SUR L'ÎLE

Elizabeth O'Connor vit à Birmingham. Ses nouvelles ont été publiées dans les revues littéraires *The White Review* et *Granta*. Elle a, en 2020, été lauréate du Prix White Review des meilleures nouvelles. Elle est diplômée d'un master en littérature anglaise, dont les travaux de recherche ont porté sur la romancière et poétesse américaine Hilda Doolittle. *Sur l'île* est son premier roman.

ELIZABETH O'CONNOR

Sur l'île

TRADUIT DE L'ANGLAIS (ROYAUME-UNI)
PAR CLAIRE DESSERREY

JC LATTÈS

Titre original :

WHALE FALL
Publié en Grande-Bretagne par Picador,
un département de Pan MacMillan.

ISBN : 978-2-253-25149-1 – 1re publication LGF

J'ai longtemps regardé cette terre
En cherchant à comprendre
Quelle était ma place.

R. S. THOMAS, « Those Others »

Une année ici, c'est d'abord le soleil et d'abord le printemps, qui se gorge d'oiseaux. Ils abandonnent l'île à son hiver grisâtre et reviennent quand les premières pousses sortent de terre. Les macareux apparaissent comme des taches sombres sous la surface de l'eau ; les mouettes tridactyles et les fous de Bassan tombent du ciel. Au début, on ne les remarque pas. Les enfants leur courent après sur les falaises, les pêcheurs les repoussent de leur filet avec un aviron. À la fin du printemps, ils s'éparpillent partout telles des ombres. Macareux, sternes pierregarins, sternes naines. Lorsque l'été arrive, ils élèvent leurs petits et se jettent à nouveau dans les flots.

Ce sont les mouettes tridactyles qui se rapprochent le plus des habitations. Elles picorent les restes de nourriture sur les tas de fumier, se perchent sur les toits ; de loin, les maisons sont hérissées des pointes grises de leurs ailes. Elles vivent sur les ardoises, qu'elles recouvrent d'une couche de plumes argentées et de guano, nous réveillent avec leurs chamailleries et leurs cavalcades. Leurs prises de bec en plein vol laissent parfois des taches rouges sur leur plumage. Elles lâchent du poisson sur les dalles de la cour ; il s'immisce dans les fentes et les trous des pierres et cela sent le rance pendant des mois. Avec la chaleur, elles viennent encore plus près. Leur odeur, leurs cris, les oisillons morts à la peau rose.

En été, les femmes repeignent les fermes en blanc. Elles vont dans la grotte, dans l'ouest de l'île, broyer la roche calcaire. Ma mère en revenait toujours les mains couvertes de poudre et en déposait sur tout ce qu'elle touchait. Selon les années, le pigment donne au badigeon une nuance plus jaune, ou plus bleue, que le blanc pur. Une fois, toutes les maisons étaient d'un rose pâle qu'on voit encore par endroits, là où les couches suivantes se sont écaillées.

Après l'été, le froid nous encercle puis s'abat comme une pierre. Les oiseaux disparaissent les uns après les autres ; ils quittent leurs nids dans les falaises avec des œufs encore dedans. En automne, la mer bouillonne, telle une casserole sur le feu. Les oiseaux passent, l'été est fini.

L'hiver, on reste près de l'âtre, on dort dans le même lit. La mer se faufile jusqu'à la porte, lèche la pointe de l'île. On voit de la glace grise à l'horizon. Le vent nous transforme en viande rouge. Pour Noël, on fait cuire les poissons qu'on a pêchés et on tue un mouton, qu'on jette à l'eau. Les vagues le ramènent sur la plage au printemps et les oiseaux arrivent pour le dévorer. On déplace les moutons autour de l'île à mesure qu'ils broutent les champs à ras.

Septembre

La baleine s'est échouée dans la nuit sur les hauts-fonds ; elle sortait de l'eau comme un chat qui se glisse sous une porte. Personne ne l'avait remarquée : ni le phare et son halo de lumière, ni les pêcheurs sortis de nuit pour attraper des soles et des merlans, ni les fermiers qui ont déplacé des bêtes sur la colline à l'aube. Les moutons étaient tranquilles sur les falaises. Dans l'eau sombre, son corps luisant était verdâtre.

Au matin, elle a flotté sur le ventre jusqu'à la plage. Les oiseaux se sont massés au-dessus d'elle. La marée poussait l'eau sur la grève en formant de grands miroirs entrecoupés de fines rigoles de sable. Les vagues contournaient son corps en montant, puis se retiraient comme une membrane autour de son noyau fragile.

Des pêcheurs ont dit qu'elle avait dévié de sa route. Ils en voyaient au large mais rarement si près de la côte. Quelques personnes âgées y ont vu une sorte de présage mais n'ont pas pu s'accorder pour savoir s'il était bon ou mauvais. Pour le révérend Jones, qui lit les journaux anglais presque chaque semaine, rien n'expliquait la venue de cette créature. La marine croisait en mer depuis le début du mois. Il a fait une vague allusion à un radar et l'un des fermiers a hoché la tête. « Des sous-marins. »

Quelqu'un est allé chez lui chercher un gros appareil photo, une boîte posée sur de grands pieds en bois. Le flash a rendu le paysage tout blanc.

Je suis née sur l'île le 20 janvier 1920. Sur mon acte de naissance, il est écrit 30 janvier 1920 parce que mon père n'avait pas pu me déclarer avant au bureau d'état civil : à cause d'une grosse tempête d'hiver, aucun bateau ne pouvait sortir. Ma mère me racontait que, lorsqu'on avait enfin pu traverser, la plage était couverte de méduses, comme un chemin de glace argentée. Elle avait survécu à l'accouchement, grâce à Dieu, sinon personne n'aurait pu venir l'aider.

L'île mesure cinq kilomètres de long et trois de large, avec un phare sur la pointe est et une grotte dans l'Ouest. Il y a douze familles, plus le pasteur et Lukasz, le Polonais qui travaille au phare. Notre maison, Rose Cottage, est construite sur le flanc d'une colline, où le vent la serre dans son poing. Tad dit que l'armée devrait fabriquer des tanks avec nos fenêtres tellement elles résistent au mauvais temps. Le verre est voilé et fendillé mais il tient encore au cadre. La nuit, dans la chambre, à travers une fêlure, on entend les chèvres des voisins appeler leurs petits ; de temps en temps, on voit une bougie brûler dans leur maison, comme une pièce de monnaie posée en équilibre au sommet de la colline.

*

Tad me donne toujours le nom du chien quand il m'appelle. Le jour de la baleine, il est passé devant moi dans la cour. J'essayais de retirer la poussière du tapis de cheminée, mais, en fait, je la regardais se déposer en couche argentée sur mes habits. Je devais éloigner les moucherons de mes yeux.

« Je vais aux bateaux, Elis.

— Manod, pas Elis. Elis, c'est le chien.

— Je sais, je sais. »

Il a fait un geste de la main pour dire que ça n'avait pas d'importance et il a pris le chemin qui descend au rivage. Ses bottes en caoutchouc faisaient un bruit de succion à chaque pas. Je l'ai entendu ajouter :

« C'est ce que j'ai dit. Manod. C'est ce que j'ai dit. »

Il avait mis des maquereaux à sécher au fond de la cour, suspendus à un fil. Une partie de ces poissons est réservée à Elis. Il adore son chien. Il nous parle à peine, à ma sœur et à moi, mais, le soir, je l'entends lui faire de longs discours à voix basse. Elis n'arrêtait pas de courir en rond dans la cour en reniflant le lichen entre les dalles sans me regarder. J'ai détaché un poisson pour lui et l'ingrat a filé sous l'aubépine en soulevant un petit nuage de poussière et de feuilles sèches.

J'ai frotté une tache sur ma robe, une vieille robe de ma mère en flanelle sombre aux ourlets effilochés. Mam cousait ses vêtements et elle m'avait appris à le faire ; ils étaient pratiques, avec de grandes poches et de la place pour bouger. J'aime copier les modèles des magazines que les femmes laissent à la chapelle. La mode du continent. En les feuilletant, j'ai compris que les habitants de l'île sont presque tous habillés avec dix ans de retard par rapport à partout ailleurs. De temps à autre, des valises s'échouent sur la grève ; dedans, je trouve de vieux vêtements que je peux porter ou découdre pour récupérer le tissu. Un jour, c'était une robe de bal en soie rouge anémone, avec juste un petit accroc au niveau de la hanche. Elle avait une poche sur le côté et il en est sorti un poudrier plaqué or en forme de coquille Saint-Jacques. La houppette était encore orange là où elle avait touché la peau de sa propriétaire.

*

Peu après le départ de Tad, j'ai aperçu notre voisin, les habits et les cheveux dégoulinants, qui grimpait la colline vers sa femme qui était en train de traire une de leurs chèvres. De là où j'étais, je sentais l'humidité de son gilet en peau de mouton et de sa chemise trempée dessous. Elle a couru vers lui et a pris son visage dans ses mains. J'étais gênée de les regarder et j'ai passé les doigts dans mes cheveux pour les coiffer. J'entendais des bribes de ce qu'il lui disait : « On pensait que c'était un bateau. Tu crois que c'est mauvais signe ? » Les mains de Leah se sont crispées et elle a retenu sa respiration.

Personne ne sait nager sur l'île. Les hommes n'apprennent pas et les femmes non plus. La mer est dangereuse. Je suppose qu'on vit depuis trop longtemps avec ce danger. Les gens d'ici ont l'habitude de dire : « Tomber à la mer, c'est tomber de la poêle dans la braise. Tu tombes à l'eau et à la grâce de Dieu. »

Avant, il y avait un roi qui portait une couronne en cuivre. À sa mort, il y a une dizaine d'années, personne ne voulait plus être roi. Beaucoup de jeunes avaient été tués à la guerre ou cherchaient du travail sur le continent. Ceux qui restaient avaient trop à faire sur les bateaux de pêche. C'est comme ça. D'après ma mère, on n'avait pas demandé aux femmes.

Ma sœur étale du beurre avec ses doigts sur le pain. Elle mange le pain, puis elle se lèche les doigts l'un après l'autre. Je lui dis : « T'as plus l'âge de faire ça. » Elle me tire la langue. Je verse du thé dans trois tasses et je le regarde fumer.

Llinos fait tourner la tasse qui est devant elle comme si elle l'examinait sous toutes les coutures. Elle passe les mains dans ses cheveux pour se coiffer. Je repense à une phrase que ma mère disait sur nous : « *Ni allaf ddweud wrth un chwaer oddi wrth un arall.* » [Je ne peux pas les distinguer l'une de l'autre.] On a six ans d'écart, mais il n'y en a qu'une qui est encore une enfant, donc ce n'est plus vrai.

Je lui demande :

« C'est quoi, le mot anglais ?

— Je ne sais pas.

— Si, tu le connais. »

Elle avale son thé en faisant la grimace.

« Chaud.

— C'est "baleine". »

Je jette un coup d'œil à Tad pour qu'il me soutienne. J'ai essayé tout l'été d'améliorer l'anglais de Llinos mais elle est têtue. Il est assis, la tête en arrière, les yeux fermés. Une main sur ses genoux, l'autre sur le museau d'Elis. Ses vêtements sèchent devant le feu ; l'odeur du linge se mêle à celle du poisson. Notre salle à manger n'est pas grande : de la place pour une table, des chaises, la cheminée et un petit buffet couvert de coulures de cire des bougies. Tad a retiré son dentier avec ses trois dents nacrées et l'a posé au milieu de la table.

À côté de la porte, dans un seau, il y a les homards qu'il a pris aujourd'hui. Dans les blancs de la conversation, je les entends bouger, gratter la paroi en métal avec leurs pinces. Une ombre monte et descend à l'autre bout de la pièce et je me rends compte que c'est ma main. En ramassant les assiettes, je demande à Tad s'il a vu la baleine. Il répond en frottant un cor sur une phalange :

« D'habitude, en mer, on en voit plusieurs à la fois.

— Est-ce que Mam ne parlait pas des baleines ? » lance Llinos. Silence pesant. « Sûrement qu'elles portent malheur.

— On dirait une vieille folle qui parle. »

Je racle nos assiettes et je fais tomber les restes par terre pour Elis. Lorsque je débarrasse la tasse de Tad, il prend mon poignet et passe sa main sur la mienne.

« Marc m'a demandé de tes nouvelles aujourd'hui. Il t'a trouvée si jolie à la chapelle.

— Tu lui as répondu quoi ? »

Il hausse les épaules.

« De te faire sa demande.

— Tu peux lui dire non, je ne veux pas. »

Il soupire, regarde ses mains.

« Tu devrais songer à te marier. Pas forcément avec lui. Ça pourrait être Llew.

— J'ai dix-huit ans.

— Le temps passe vite. » Sa voix devient plus douce. « Je ne peux pas te garder indéfiniment.

— Qui s'occupera de Llinos ? »

Elis se dresse sur ses pattes arrière près de la chaise de Llinos, penche la tête pour lécher les miettes sur la table. Llinos attrape ses pattes avant et se lève ; on dirait un couple qui danse. Ils se balancent d'un côté, de l'autre. Elis halète, la gueule grande ouverte.

Je regarde au fond de ma tasse. Une pellicule s'est formée à la surface du lait. Elle se plisse comme un étrange baiser.

*

Cette nuit, j'ai rêvé d'une grande table de salle à manger où des baleines en tenue de soirée riaient au-dessus de leurs assiettes. J'étais avec elles, dans une robe en soie vert acide que j'ai vue un jour dans une revue et un chapeau avec une grande plume blanche. Elles se mettaient à danser et je n'aurais su dire comment elles se déplaçaient, si elles se dressaient sur leur queue ou si elles glissaient d'un côté à l'autre ; je sais seulement que j'étais soulevée en l'air et que je tourbillonnais sans fin autour d'elles. Le plafond, en dentelle et en velours, tombait lentement sur moi.

J'ai arrêté la classe depuis seulement un mois. L'école est un vieux bâtiment de ferme attenant à la chapelle, suffisamment grand pour que la dizaine d'enfants de l'île suive les cours dans les deux pièces. On avait chacun un bureau, du bois humide, et on lisait surtout la Bible. Sœur Mary et sœur Gwennan venaient plusieurs mois de suite ; le reste du temps, elles étaient institutrices dans une école du continent. Les livres qu'elles nous apportaient avaient sur la couverture un tampon « Our Lady of the Wayside » en lettres dorées un peu passées. Les jours de fête, comme la Sainte-Dwynwen, on s'habillait en blanc.

J'avais une amie, Rosslyn. Elle s'est assise à côté de moi pendant dix ans avant de se marier avec un employé de la carrière de Pwllheli, un homme au visage rose avec une bouche méchante. Elle l'avait vu plusieurs fois avant ; quand son père prenait son canot pour aller au marché, elle lui rendait visite dans le bourg où il habitait. Au fond de la classe, elle me racontait son haleine qui sentait la viande, les choses qu'il lui disait. Le jour où elle a quitté l'île pour de bon, son père avait rempli son petit bateau de fleurs et de graminées. On l'entendait pleurer depuis les dunes. Rosslyn avait des cheveux bouclés et une figure ronde toujours brillante de transpiration. Je pensais qu'elle ressemblait à un mannequin que j'avais vu sur une petite carte vendue avec un savon. Après son mariage, elle m'a envoyé une lettre où elle disait que je lui manquais, qu'elle vivait dans une maison avec des toilettes à l'intérieur. À la fin, elle me demandait ce que je faisais et ce que je pensais faire. Je n'ai pas répondu.

J'étais bonne en classe. Sœur Mary disait que j'étais « brillante ». Elle me laissait venir chez elle le samedi ; elle me montrait de grandes cartes et me prêtait ses romans anglais. Quand un des élèves avait voulu s'inscrire dans une université anglaise, il lui avait demandé de vérifier son dossier de candidature et elle m'avait confié la tâche. J'avais laissé exprès deux fautes d'orthographe ; mais il avait été pris quand même. Il avait dit qu'il m'écrirait pour me raconter. Il ne l'a pas fait. Sa mère m'a montré une photographie de lui, habillé d'un long manteau noir, dans une barque sur la rivière. J'ai insisté pour garder la photo, pas à cause de lui, mais parce que son visage était un peu effacé et que je pouvais dire que c'était moi sur le bateau.

Le dernier jour d'école, l'institutrice ne m'a même pas dit au revoir. Juste : « Je te verrai au marché. »

La mer est haute. Le calendrier des marées que Tad nous laisse ne l'indique pas. Il est tapé à la machine sur du papier rose ; on lui en donne un à chaque saison quand il va sur le continent. Il dit qu'il n'en a pas besoin, qu'il estime la marée à l'œil, comme son père avant lui. Je n'aime pas trop lui rappeler les fois où il s'est trompé, et où il est rentré le pantalon mouillé et les souliers pleins de sable.

Je descends à la plage voir la baleine de mes propres yeux. Lorsque je marche seule, j'aime rêvasser à un travail de couturière pour des gens riches sur le continent ou de nonne quelque part en Europe, dans une grande tour blanche donnant sur une place. Je récite dans ma tête des versets de la Bible avec l'accent anglais en formant les mots avec ma langue.

Je suis la foule pour trouver la baleine. Sur la crique plate, les corps sont amassés les uns contre les autres. Le sable humide colle à mes chaussures.

Dans l'eau, là où les rochers sont couverts d'algues noires et jaunes comme de la cire, quatre hommes guident vers un canot un taureau qu'ils vont transporter sur le continent. L'un d'eux marche en rond derrière lui pour le faire avancer plus vite. Un autre, debout près du centre de la coque, se tient prêt à l'attraper par les cornes et à l'immobiliser. Le troisième attend à bord, un rouleau de corde sur l'épaule pour l'attacher à un anneau. Le taureau donne des coups de tête. Quand l'homme qui le suit se rapproche, il rue. Il est noir avec une fine bande blanche sur le mufle, une fente claire.

Au moment où je passe devant eux, l'homme se tourne vers moi, soulève son chapeau et fait une petite courbette. Je ne réponds pas, les autres rient. Le bateau tangue ; le taureau se met à courir dans l'eau et les dépasse. Les hommes crient, j'accélère le pas en écoutant leurs voix, les vagues, le taureau qui s'ébroue.

La mer marron clair et l'écume qui flotte dessus me rappellent les jours où Tad fait bouillir des têtes de mouton sur le fourneau, les poils collés au bord de la marmite. Je regarde l'eau venir à quelques centimètres de mes pieds et se retirer. Je déteste qu'elle entre dans mes chaussures.

En m'approchant de l'attroupement autour de la baleine, je vois qu'il y a aussi des oiseaux qui tournoient et tombent en piqué. L'un d'eux frôle mon épaule avec quelque chose dans le bec. Un chat sort de sous la coque d'un bateau posé sur le sable et crache en me voyant.

Je me faufile au milieu des gens. À chaque vague qui reflue, le corps de la baleine apparaît, gigantesque, courbé sur lui-même. Je me demande comment j'en parlerai à ma sœur quand elle rentrera de l'école ; je fixe dans ma mémoire la coque noire de la colonne vertébrale, la frange de la bouche couleur bronze dans la lumière qui faiblit.

En repartant, je me retourne et, au milieu de tout ça, je crois voir ma mère se pencher pour toucher quelque chose. Il y a de la brume autour de ses cheveux et de ses épaules. On dirait que ses habits de laine sont mouillés. Lorsque je regarde un peu plus tard, les rochers sont couverts de lichen blanc ; les frondes ont la forme de toutes petites mains.

Allongée sur le lit chez Llew, je feuillette les livres de sa mère ; elle les empile par terre et ils montent jusqu'à son oreiller. J'ai pris celui du dessus, un roman sentimental avec un beau militaire sur la couverture. Les pages ont dû être humides puis sécher car elles gondolent comme des vagues, avec de petites taches orange sur la tranche.

À côté de moi, Llew scrute le plafond, les mains sur le torse. Il tire sur les peaux autour de ses ongles. C'est le seul habitant de l'île qui est né la même année que moi. Il y a trois mois, un dimanche après l'office, il m'a tendu un morceau de papier avec dessus : *Salut. J'aime bien ta robe rose.* Sur ma réponse, j'ai écrit : *Elle est pêche.*

Il se tourne vers moi, regarde le couvre-lit entre nous, tire une plume qui sort du tissu à motif de roses.

« J'ai entendu dire qu'une usine sur le continent cherche des ouvriers.

— C'est plutôt vague. »

Il fronce le nez et me demande pourquoi il faut toujours que je sois comme ça. Il libère la plume et la passe sur le dos de ma main. En soupirant, je repose le livre sur la pile. Llew ne me plaît pas tellement.

Mais lui dire oui, l'embrasser, d'autres choses, ça fait que je me sens un peu moins à part. Je sais que la plupart des filles demanderaient à leur mère ce qu'elles sont censées faire après l'école ou ce qu'elles sont censées faire avec les hommes. Moi, je n'ai pas de mère à qui demander. Toutes mes décisions, c'est comme essayer d'attraper un poisson qui n'existe pas jusqu'à ce que je l'aie dans la main.

« Quel genre de travail ?

— Dans une saurisserie.

— Tu vas y aller ?

— Pas sans toi. »

Il m'embrasse sur la bouche, fait rouler son corps sur le mien. Son bras droit semble tout tordu contre mes côtes. Il glisse sa main gauche sous ma chemise jusqu'à mon sein, et elle est froide. Je regarde le militaire jusqu'à ce qu'on ait fini.

*

Après, on s'assied près du feu. Nos ombres tremblotent sur le mur. La mère de Llew est allée voir sa sœur en bas de la colline et ne va pas tarder à rentrer. Il faut que je parte, mais on ne bouge ni l'un ni l'autre.

« Tu vas te marier avec moi, Manod ? »

Il le demande chaque fois qu'on se voit depuis le printemps, avec plus ou moins d'insistance. J'ai arrêté d'essayer de lui faire comprendre que je ne le ferai pas. J'ai décidé simplement de ne répondre ni oui ni non. Parfois, même, j'y pense. Les jours de lessive, j'entoure mon visage avec la nappe en dentelle et je la laisse traîner dans mon dos.

Je regarde fixement le reflet des flammes dans les vitres de l'armoire, sur le mur en face. Elle est en bois sombre avec des carreaux de verre dans les portes. À l'intérieur, il y a toutes sortes d'objets en faïence, souvent ébréchés. De temps en temps, Llew ouvre la porte et me laisse regarder dedans. Certains sont entiers – des beurriers, des petits coquetiers. Il m'a expliqué que c'était la collection de sa mère. Elle les ramasse sur le rivage, où la mer les dépose. S'ils sont intacts, c'est signe de chance. Elle a commencé quand son mari, le père de Llew, est mort en mer et qu'elle s'est retrouvée d'un coup avec beaucoup de temps et rien à faire.

Je sens l'haleine chaude de Llew sur mon oreille.

« Tu te souviens de Hywel ? Il est parti travailler dans une fabrique de stylos. Sa mère m'a dit qu'il avait grimpé et qu'il était chef d'équipe. Paraît qu'il gagne bien sa vie. Je pourrais faire pareil. »

J'avance le bras dans l'armoire et je soulève les objets un à un. Ils sont presque tous blancs avec des fleurs de différentes couleurs. J'aime celles qui sont vertes ou rouille. Beaucoup sont bleu vif. Je me vois dans une cuisine, sur le continent, avec de la vaisselle en faïence pas cassée pour mes invités. J'aime les retourner pour voir la marque du fabricant dessous. Ils viennent du monde entier. Worcester, France, Japon, Nantucket…

« C'est où, Nantucket ?

— Imagine une vie où t'es ni fermier, ni pêcheur, avec des mains toutes lisses. »

Il tend les siennes en parlant comme pour me montrer une énorme prise.

La saison du homard commence en septembre. Les bateaux sortent à mi-marée et les pêcheurs cherchent des morceaux de bois plats qui flottent à la surface. La majorité des canots sont à moitié pourris, couverts de bernacles, leurs filets débordent des plats-bords comme des langues. Ils ont souvent des noms de femme, comme *Anna-Marie*, *Nesta*, *Glenys*.

Les hommes remontent les flotteurs, qui sont attachés à une corde ; au bout de la corde, il y a un casier qui sert à attirer et piéger les homards. Certains morceaux de bois sont peints, selon qui les a posés. Hors saison, Tad laisse ses casiers devant la maison ; ils dégagent une puanteur aigre et les mailles du filet deviennent peu à peu blanches de sel et de moisissures.

Quand les bateaux rentrent, je guette celui de Tad et je l'aide à décharger les homards dans des caisses larges et plates qu'on entasse les unes sur les autres. J'ai toujours pensé que les homards étaient très beaux, mouchetés comme des œufs, chacun avec sa nuance de bleu. Tad attache leurs pinces. Ses mains sont couvertes de cicatrices des blessures de ceux qui l'ont coincé ; elles font des marques claires en relief sur sa peau. Il les appelle « les saligauds », pas gentiment. « Balance ces saligauds là-dedans » ou « Trois saligauds dans le seau, fais gaffe ».

Dès que les hommes ont fini de décharger, le révérend Jones prend les robes noires qu'il a rangées dans son bateau et, en remontant de la plage, les enfile par-dessus les habits en tissu grossier avec lesquels il pêche. Il crache dans ses mains pour aplatir ses cheveux. Il a une dentelle de petites veines rouge foncé sur le front.

Nous le rejoignons et nous prions pour remercier de la pêche qu'ils ont rapportée. Derrière nous, la mer se soulève et retombe avec fracas. Les hommes sont debout, silencieux, immobiles. Je regarde le sable, mon père, le continent, et je recommence.

Parfois, au lieu de faire des vêtements, je brode. J'utilise des mouchoirs comme fond et je couds pardessus. Ce soir, j'ai brodé la baleine. J'ai pris du fil pêche pour les visages des personnages qui sont autour et je leur ai mis de petits chapeaux verts et rouges. Je n'ai pas fait les corps : trop compliqué. Au-dessus, j'ai ajouté des oiseaux gris, noirs et blancs, avec du rouge et de l'orange pour les becs. Au milieu, une grosse baleine. J'aime la couleur de sa peau ; j'ai utilisé indifféremment du fil bleu ou gris pour qu'il brille avec le motif, comme une plume. En piquant le tissu, je sentais que l'aiguille touchait mon dé. J'ai continué, encore et encore, jusqu'à ce que la pièce soit complètement noire autour de moi.

Llinos a toujours été une enfant pas comme les autres. L'activité qu'elle préfère, c'est ramasser des os partout où elle en trouve et les assembler petit à petit pour reconstituer un animal complet. Si je lui demande comment elle sait qu'un os vient de telle bête, elle hausse les épaules et dit qu'elle le sait, c'est tout. Elle les range dans des pots un peu partout dans la maison. Quelquefois, j'attrape un pot de confiture et je pousse un cri en voyant ce qu'il y a dans celui qui est derrière.

On dort toutes les deux dans le même lit. De temps en temps, je me réveille la nuit et je la vois qui observe un insecte sur le mur ou une fronde de lichen derrière le carreau. L'été dernier, notre père a dû abattre un oiseau de mer qui avait heurté la fenêtre en plein vol. Elle a à peine tressailli en entendant le coup de fusil, en voyant la tache sombre et visqueuse que le corps avait laissée par terre et la trace sur la vitre, d'une pâleur mortelle. Lorsque je l'interroge pour savoir ce qu'elle veut faire dans la vie, elle ne dit pas qu'elle veut se marier, ou finir sa scolarité, ni quoi que ce soit d'autre. Elle répond : « *Dw i eisiau dal pysgod, a'u bwyta.* » [Je veux attraper des poissons et les manger.]

Elle s'entend bien avec les enfants mais elle dérange les grandes personnes. Elle joue avec ses camarades comme si elle était un chien : toujours en train de se bagarrer, de mordre, de cracher. Les mères la détestent, elles disent qu'elle n'a pas toute sa tête. Je veux absolument qu'elle apprenne l'anglais, ne serait-ce que pour leur prouver quelque chose, je ne sais pas vraiment quoi.

*

Elle a voulu passer le samedi à chercher des œufs d'oiseaux en haut des falaises. Je la retiens par les mollets pendant qu'elle rampe jusqu'au bord et se penche vers les nids dans les rochers escarpés. Elle m'en passe un, puis un deuxième, et je les mets dans son panier. Avant de partir à la chasse aux œufs, elle accomplit un rituel : elle dessine un ovale avec son pied devant la porte de la maison. Ce matin, elle en a fait deux.

Sur la crête, le sol est tapissé d'œillets marins. Il y a des terriers partout et des lapins bruns et noirs. Les noirs sont les descendants d'un que Lukasz avait rapporté du marché sur le continent. Certains ont les yeux jaunes. On doit avancer à quatre pattes pour ne pas se tordre le pied dans les entrées de terriers.

J'ai cueilli des fleurs que je ferai sécher dans ma bible à la maison. Des oreilles de cochon, de la criste-marine.

Je dis tout haut, à personne en particulier : « C'est une chose que les dames font sur le continent. Je l'ai vu dans un magazine. »

Je glisse un pavot jaune entre les pages et je referme en serrant bien.

« Llinos, tu devrais parler anglais. Il faut que tu t'exerces.

— *Nid oes ei angen arnaf.* [J'en ai pas besoin.]

— Tu en auras besoin si on part de l'île. »

Elle se tourne et soutient mon regard.

« Je ne te comprends pas. »

Ce n'est pas la peine de discuter.

Elle ramasse une coquille vide, la pose sur sa paume et la lève vers mon visage.

« Qu'est-ce qui a fait ça ?

— *Neidr. Rwyf wedi eu gweld yn ei wneud.* [Serpent. Je les ai vus faire.] »

Elle la lâche et l'écrase avec le pied.

Quand on rentre, la mère de Llew est assise à notre table, les yeux rouges d'avoir pleuré. Je panique aussitôt. Est-ce que j'ai laissé un creux sur son lit ? On a bien pensé à tirer les draps ? Sur la table, il y a deux tasses et une assiette avec une croûte de pain au milieu.

Dès qu'on passe la porte, Tad lance en guise d'explication :

« Llew s'en va. »

Sa mère pousse un cri, enfonce son mouchoir dans sa bouche. Elle est mince et, lorsqu'elle sanglote, les vertèbres de sa colonne pointent sous son pull comme des épines. Je vais vers elle et je pose la main sur son épaule. Elle a tressé ses cheveux et sa natte descend jusqu'à sa taille. Elle dit entre deux sanglots :

« Pardon, Tad. Tu peux comprendre.

— Tu dois être fière de lui. C'est pour le mieux. Il trouvera un bon travail et une bonne épouse.

— Une épouse ? »

À ma grande surprise, ma voix est ferme.

Elle hoche la tête.

« Il en a tellement envie.

— Et avec la femme viennent les enfants, ajoute Tad. Ils s'en sortiront mieux sur le continent. »

Je me tais. Il a raison.

Elle prend la main de mon père et la serre jusqu'à ce qu'elle soit blanche.

« C'est vrai. C'est vrai. Merci. »

Les gens apportent des seaux d'eau, des couvertures et des manteaux mouillés, les lancent sur la baleine en espérant la ranimer. Les hommes s'organisent pour l'entraîner au large ; en fin d'après-midi, ils la halent vers les hauts-fonds. Le corps part à la dérive, se retourne plusieurs fois sur le dos, sans vie. Des enfants s'allongent sur le sable et restent immobiles en imitant la baleine. Ils se tirent les uns les autres dans la mer en criant, ressortent et recommencent.

Des hommes et des femmes sont rassemblés devant la chapelle. Quelqu'un a apporté un journal et l'a étalé sur le mur pour que les autres puissent le lire. Une chose qui se passe dans un autre pays. Des nuits de violence.

« Encore une guerre ? demande l'un d'eux.

— Dieu nous en garde », répond un autre.

On entend ce genre de conversations depuis le printemps : les prix qui ne font que grimper sur le continent, une invasion, des armes. Des bribes de nouvelles vite remplacées par une autre préoccupation, une infection qui se transmet chez les moutons, une lézarde dans un mur, des chiens qu'on a laissés vagabonder dans le champ de quelqu'un d'autre. Mais on a l'impression que quelque chose nous tourne autour en attendant de débarquer sur le rivage.

Derrière la foule, un troupeau de vaches nous observe en ruminant. Je serre mon manteau contre moi. Le vent transporte l'odeur de pourriture de la baleine. Je tends la main pour caresser le museau d'une vache, mais elle se détourne paresseusement comme si je n'étais pas là.

Sur l'île, il y a plus de maisons vides que de maisons occupées ; elles ont été abandonnées par des familles parties vivre sur le continent. Des martinets nichent dans les toits qui se sont affaissés. Des chauves-souris, des guêpes, de la mousse, des moisissures. Cinq variétés différentes de renouée. L'été, pour trouver de l'ombre, j'entraîne Llinos dans les maisons inhabitées. Il arrive qu'on découvre de petits objets : une poupée, une fourchette en fer-blanc.

La dernière fois qu'on y est allées, c'était en juillet. À l'intérieur, il y avait toutes sortes d'inscriptions sur les murs – des mots, des noms, des dessins cochons. Dans la plus petite maison, tout au bout, face à la mer, on est tombées sur deux jeunes, une fille de l'île et un garçon du continent. Son petit canot était sur la plage en contrebas. Il était torse nu et ils s'étaient blottis l'un contre l'autre dans la pièce du fond. En nous voyant, ils ont crié et se sont écartés. La robe de la fille était ouverte au col et on voyait la dentelle de sa combinaison dessous. Ils sont partis en courant, main dans la main. La fille s'est retournée et m'a lancé un regard noir. On a fait l'erreur de raconter à Tad ce qu'on avait vu et il a demandé au révérend Jones ce qu'il devait faire. Il lui a dit de nous plonger tête la première dans la baignoire pleine d'eau pour nous laver les idées.

Les jours se suivent et j'attends que quelque chose éclate. Chaque matin, c'est la même routine : je tartine Llinos de pommade pour protéger sa peau du froid et elle sent la viande rance. Son visage est tout brillant avec cette couche épaisse.

On mange du pain au bicarbonate avec beaucoup de beurre et de sel. Tad s'assied avec nous sans rien dire. Llinos prend du beurre avec son doigt et le lèche. Je l'aide à s'habiller et je retire les os de ses poches en frémissant. Je me fais deux nattes pâles et fines, je prends le savon dans la cuvette et je le passe dessus pour les lisser.

Tad a accroché au mur des photographies plus ou moins abîmées : des femmes du siècle dernier avec leur fichu noir sur la tête et un visage sérieux ; des hommes à la barbe fournie ; des gamins en salopette, debout devant d'énormes créatures suspendues par la queue à un winch, dont les yeux vitreux planent derrière leurs épaules. Des photos de son mariage avec Mam : elle avec ses cheveux bruns et sa robe blanche qui se confond avec sa peau claire ; lui mince, comme il l'est encore, avec sa coupe militaire. Entre elles, des images de saints, pas clouées mais posées là où la surface inégale du mur forme un petit rebord. Saint Pierre, saint Brendan, et une que Tad a trouvée entre deux bordés du canot. La moitié du bas est foncée et incrustée de sable. Le saint, au premier plan, pleure.

Une seule photo de moi, prise par Merionn sur la colline, où je suis devant une minuscule charrette en bois tirée par deux chevaux, en bois aussi.

Il y en a une de Llinos, toujours par Merionn avec le même appareil. On voit Elis dessus. Llinos est aussi haute que lui, donc elle ne devait avoir pas plus de deux ou trois ans. Toute en blanc, dans sa robe de baptême, elle sourit à l'objectif. Ses yeux sont pâles et larmoyants. Elis avait dû bouger la tête quand le flash s'était déclenché : au-dessus de ses pattes avant, on ne perçoit qu'une tache grise floue qui se fond dans les buissons d'ajoncs derrière.

Je n'ai pas eu de nouvelles de Llew. Pas de petit mot, pas de visite. Le jour de son départ, j'ai dit que j'étais indisposée. Allongée sur mon lit, je regardais le plafond ; le plâtre irrégulier ressemblait de plus en plus à du lait caillé.

C'est une histoire que ma mère nous racontait. Elle la gardait pour les jours où Llinos et moi, on allait avec elle sur les falaises glaner de quoi manger. Des fois, il y avait là-haut des crabes qui remontaient du rivage. C'est la partie dont je me souviens parce qu'ils avaient sous le ventre une poche pleine d'œufs. Je les attrapais, je les retournais et je voyais les petites billes rondes à travers la fine membrane couverte de sable et de sel qui bougeait. Certains jours, je n'arrive plus à me rappeler le visage de ma mère, mais j'ai encore en mémoire la consistance et la forme du crabe et de ses œufs comme si je l'avais dans les mains.

L'histoire, c'était celle d'une femme qui vivait sur l'île avant nous. Elle avait trois filles. En la voyant marcher sur les falaises avec elles, la mer était devenue jalouse et avait envoyé une énorme vague qui avait emporté les filles. La mère était restée seule, toute trempée. Elle avait attendu que l'océan lui rende ses enfants en le priant tous les jours. Mais il n'avait pu les lui rendre que sous la forme de mouettes qui volaient au-dessus d'elle et criaient dans ses oreilles.

Autour de l'île, la mer n'est pas bleue, elle est grise. Assez proche pour asperger la maison à marée haute et grignoter la peinture. Elle monte jusqu'à la fenêtre de notre chambre, derrière le lit. Parfois, je me réveille à moitié et j'ai l'impression qu'elle s'est approchée doucement, comme une inondation, et que l'herbe, à la fenêtre, a poussé tout droit, ses brins semblables à des poils sur un corps immense. D'autres fois, une mouette me regarde fixement et tape au carreau avec son bec jaune.

Octobre

La ligne de côte se rapproche de nous avec les sédiments charriés par les vagues. Le matin, des masses de crabes cavalent en laissant des sillages rouges et verts. À l'aplomb des falaises, les bruyères cuivrées poussent au milieu des ajoncs et des papillons blancs. Le cerfeuil sauvage se racornit et noircit.

Un matin, je suis Tad et Llinos qui vont ramasser des moules sur l'estran. On part tôt. Les chemins sont blanchis par le gel, le ciel vide et calme. Derrière nous, les homardiers se lancent des appels, les phoques grognent. Les flaques qui brillent sur les vasières sont d'une couleur pâle que Llinos appelle « ventre de serpent » depuis qu'un jour on a regardé sur les falaises une couleuvre se retourner lentement et mourir. Des oiseaux au plumage sombre passent d'un trou d'eau à l'autre avec quelque chose qui se tortille dans leur bec rouge.

Une bourrasque rabat mes cheveux sur ma figure. Je dois me retourner pour les retirer de ma bouche et de mes yeux. Et c'est là que je vois le bateau blanc arriver.

*

Normalement, un bateau sur la côte est de l'île, cela signifie du courrier ou des marins qui font escale, et donc des conserves de fruits au sirop ou de la viande salée qu'on pourra se distribuer. Lorsque des visiteurs mouillent près de la côte, les gamins descendent récupérer ce qu'ils ont à bord pour l'apporter aux habitants. On entend presque à un kilomètre de distance leurs vélos rouillés qui grincent à cause de toute l'eau de mer qu'il y a dans l'air. L'an dernier, j'ai commencé à les intercepter. J'attends à la maison que la bicyclette s'arrête à la barrière. Le garçon me tend ce qu'il a, je fais semblant de lui donner deux pièces, il secoue la tête en se tapotant la bouche, je l'embrasse et lui fais signe de partir. Dès qu'il a disparu, je frotte la salive sur mes lèvres ou je me racle la gorge et je recrache tout.

*

Le temps que j'arrive à la plage avec Llinos, Tad s'est déjà avancé jusqu'au bateau qui a jeté l'ancre. Un fin cordage tendu par les balancements de la coque plonge dans l'eau. À l'avant, un homme agite la main en criant.

Tad l'aide à débarquer dans l'eau peu profonde. Une femme apparaît derrière lui, son chapeau à la main, et descend de la même façon. L'homme a retourné le bas des jambes de son pantalon. Ses chevilles sont bleuies par le froid et il a du mal à rester debout en avançant. On dirait une de ces mouches à grandes pattes qui se posent sur les vitres l'été. Filiformes, translucides, malhabiles. Arrivé sur la grève, il tombe à genoux et vomit.

Dans la maison, ils ont l'air bizarre, tous les deux. On dirait un couple d'oiseaux venus se percher. Ils regardent partout. La femme s'assied au bord de la chaise, l'homme examine les photos en traînant les pieds le long du mur. Je ne sais pas trop quoi leur dire.

Ils se sont invités à boire le thé après qu'ils se sont présentés : Edward, l'homme, et Joan, la femme. Accent anglais. Tad était surpris que Joan lui serre la main comme Edward. Il leur a dit : « Pourquoi vous avez traversé à ce moment-là ? Il faut attendre la mi-marée pour venir. » Ils ont posé des questions sur les logements et il a répondu : « Pas d'hôtel, mais beaucoup de maisons vides. » Il est reparti chercher des moules. Leurs valises étaient lourdes. J'ai fait porter à Llinos le carton à chapeau de la femme.

Llinos pousse un jouet sur les dalles en ardoise. Ou plutôt, elle fait semblant, comme souvent quand elle écoute. Sous sa frange épaisse, je vois ses yeux qui nous observent tous les trois.

« Vous voulez du lait ? »

Joan dit oui. Je n'ai jamais parlé à des Anglais. Elle a des cheveux blonds bien coupés. Du coup, j'ai l'impression que les miens sont gras sur mon crâne. Ses sourcils sont fins, marron clair. Elle ressemble aux femmes dont on parle dans les magazines, qui marchent dans des rues pavées et roulent en voiture. Elle sort un mouchoir. Bleu ciel, en coton, avec une broderie blanche.

« Comment s'est passée la traversée ? »

Elle se tamponne le front. Elle est encore pâle.

« Très agitée.

— Désolée. »

Je lui passe la boîte et une cuiller.

« Oh, c'est du lait *en poudre* ! »

L'amusement, dans sa voix, me fait rougir. Je suis morte de honte. Je voudrais jeter la boîte sous la table. Je lui montre les biquettes de Leah qui broutent devant la fenêtre ; on ne voit que leurs dos poilus.

« C'est ça ou du lait de chèvre. »

Elle pousse sa tasse vers moi. J'en verse une cuiller et je tourne en essayant de pousser les grumeaux au fond. Je regarde ses mains, les boutons de nacre aux poignets de son corsage. L'étoffe verte est finement tissée, une texture que je ne connais pas.

« Il est très joli, votre chemisier.

— Cette vieillerie ? »

Elle me remercie pour le lait.

« Nous n'avons pas souvent de la visite. Sinon, j'aurais mieux à vous offrir, bien sûr. Des gâteaux. Avec du glaçage. Des petits pains. Avec du glaçage. »

Edward échange un regard avec Joan.

« Bien sûr. »

Il nous rejoint à table et verse une cuiller de poudre dans son thé.

« Nous n'étions pas censés venir. C'était un... détour impulsif.

— Vous êtes en vacances ? »

Je sais qu'il y a des stations balnéaires pas loin. Parfois, Llinos et moi, sur la colline, on s'amuse à se raconter qu'on voit la grande roue.

Joan répond en riant :

« Non !

— Nous venons d'une université en Angleterre. Nous sommes ici pour un projet de recherche. Nous pensions que vous vous attendiez à nous voir.

— Ah bon ? Moi ? »

Il forme un cercle avec les mains.

« L'île en général. Nous avons organisé notre visite avec le pasteur. Jeremiah Jones ? »

Joan l'interrompt.

« Cela s'est fait un peu à la dernière minute.

— Ah... d'accord. Il n'en a pas parlé. À moins qu'il ne l'ait fait. On ne me dit rien. »

Les yeux baissés, Llinos dit en gaélique :

« Demande-leur pourquoi ils sont ici.

— Llinos, parle anglais, ne sois pas mal élevée. »

Edward se tourne vers elle.

« C'est bon, nous avons appris le gallois. On l'a parlé tout le long du trajet. *Beth ddywedoch chi ?* [Qu'est-ce que tu as dit ?] »

Llinos relève la tête et éclate de rire. Un rire strident, méchant. Je lui dis d'aller dans le jardin. Sans me regarder, elle sort en claquant la porte derrière elle.

« Pardon. Elle comprend. Simplement, elle fait sa vilaine. »

Un silence gêné s'installe entre nous. Derrière leurs têtes, je vois Llinos par la fenêtre.

« Nous avons entendu parler de l'île à Abergele, reprend Joan. Dans un pub, un pêcheur nous a parlé de la baleine échouée.

— Elle est encore là. »

Joan hoche la tête. Edward retourne devant le mur.

« Vous voulez bien regarder ces photographies avec moi ? »

Je lui parle de chacune. Mon grand-oncle Bryn, qui a déménagé à Llandudno et est devenu boucher. Marc, le frère jumeau de mon père. On a juste un dessin de lui, que quelqu'un de l'île avait fait. Emlyn, Marc, les oncles de mon père. Morts à la guerre. Llinos, Elis. Ma mère, ses portraits, où elle a toujours du rouge à lèvres. Chaque année, le dimanche de Pâques, elle allait sur le continent se faire prendre en photo dans un petit studio. Je pourrais dire à Edward la couleur de ses rouges à lèvres même si les photos sont en noir et blanc parce que je les ai contemplées si longtemps que je les ai en mémoire. Rouge, carmin, orange.

Je me retourne vers Joan. Elle écrit dans un petit carnet à couverture de cuir, le front plissé.

« Pardon, pardon. Cela vous ennuie ? »

Elle répond sur un ton ferme :

« Pas du tout. Je prends en note ce que vous dites. »

Elle me regarde et sourit. La couleur est revenue sur ses joues.

*

Après leur départ, je ne tiens pas en place. Je lave leurs tasses trois fois. Je regrette de ne pas leur avoir demandé quel est leur projet, de quelle université ils viennent. Plus de renseignements sur eux. Avec son accent, Edward découpe ses mots en morceaux nets et tranchants ; le genre de voix que j'entends seulement à la radio chez Leah. Je ne me souviens déjà plus à quoi ils ressemblent. Je demande à Llinos. Elle hausse les épaules.

On s'assied l'une à côté de l'autre sur nos chaises en attendant que Tad rentre. Je pense que je devrais commencer une autre broderie, mais je n'arrive pas à me décider à bouger. Je dis à Llinos :

« L'homme est beau, non ? » Sa poitrine se gonfle et se vide contre mon bras. « Et la femme ? Elle est très belle aussi, n'est-ce pas ? »

Llinos gigote, enfouit son visage contre mon épaule, me demande de lui chanter quelque chose pour l'endormir. Je fredonne le premier air qui me vient à l'esprit, une vieille mélodie que j'ai apprise à l'école. L'histoire d'une jument noire qu'un homme achète à la foire. Il la nourrit beaucoup pour qu'elle soit forte, mais il finit par l'engraisser. Elle devient tellement énorme qu'elle meurt. Les pies et les corneilles s'en régalent. Llinos ronfle doucement quand j'arrive au dernier vers, où le chanteur demande de l'argent pour s'acheter une autre jument, et la chanson recommence. Je la reprends à voix basse. Dehors, la mer siffle comme une nuée d'insectes. Je n'ai pas entendu Tad rentrer.

La baleine est revenue de l'autre côté de l'île, mais cette fois toute molle et couchée sur le côté. La mer était remplie de méduses ; leurs corps formaient des cloques sur le sable. Le ventre de la baleine est griffé de lignes noires comme l'écorce d'un arbre. Hors de l'eau et posée sur la grève, elle est d'une taille écrasante. Le fermier qui l'a trouvée a essayé de la repousser dans la mer pendant que son chien leur tournait autour en jappant. Il ne supportait pas l'odeur, il avait l'impression que ça bougeait sous la peau.

La traversée a été éprouvante et froide. Mon collègue a eu un mal de mer épouvantable. En descendant du bateau, nous avons été accueillis par un homme et ses deux filles. L'aînée parle bien anglais, qu'elle a appris à l'école et en lisant la Bible, nous confie-t-elle plus tard ; la cadette ne connaît que le gallois local. Nos premières impressions sont identiques à nos premières impressions des autres îles : un promontoire long de plusieurs kilomètres, parsemé de rochers et de bruyères, de petites maisons en pierre à toit d'ardoise. La disparité entre les îliens et les habitants du continent est presque immédiatement visible : beaucoup portent des habits vieux d'une vingtaine d'années, en velours épais ou en tweed, et des châles de grosse laine qu'ils enroulent autour de leur cou et de leur buste. Dans la maison où vivent les filles, nous buvons du thé. La grande est étonnamment vive et instruite. La petite semble avoir peur de nous. Le père repart sur son bateau de pêche après notre arrivée.

À la chapelle, le pasteur, le révérend Jeremiah Jones, nous raconte que la population se monte à quinze hommes, lui compris, vingt femmes et douze enfants. Il nous sert du carrelet, dont les taches orange portent chance, paraît-il. La plupart des îliens en mangent. La peau est épaisse, salée, et il sourit quand nous l'avalons.

Mam ne nous donnait jamais la main. Elle disait qu'elle n'aimait pas la sensation. Que nos mains étaient collantes et potelées. Elle nous laissait seulement tenir sa manche. Un jour que Llinos avait voulu s'accrocher à ses cheveux, elle l'avait giflée. On ne la voyait jamais toucher Tad non plus, mais de temps en temps, en entrant, on les trouvait en train de se picorer comme des oiseaux. Je lui posais des questions sur notre naissance, ce que font tous les enfants. « Tu nous as eues comment ? On venait d'où ? » Elle répondait : « J'ai demandé à la mer et la mer m'a fait cadeau de vous. » La nuit, je rêvais que j'allais à la porte et que, dehors, il y avait un bébé sur la crête d'une vague.

Ce matin, je n'ai pas réussi à lancer le feu. Les bûches étaient humides à cause de la soirée douce. J'ai laissé tomber et je me suis habillée. J'ai enfilé une robe et un pull-over en laine marron. Puis j'ai changé d'avis et j'ai retiré le pull. La chambre était glaciale et mes tétons se dressaient comme des pointes. J'ai passé une autre robe en velours épais. Je me suis mise devant la glace. J'ai pincé mes joues. Remis le pull.

Tad m'observait du coin de l'œil. Il a dit que je me comportais bizarrement depuis que les Anglais étaient là, comme un chat avant un orage, et que j'avais oublié d'allumer le feu. J'ai tapé du pied sur une bûche pour lui montrer qu'elle était molle et il n'a pas répondu.

Je suis sortie et j'ai fait des allées et venues entre la maison et la chapelle. J'essayais d'apercevoir les Anglais, leur silhouette derrière les hautes fenêtres, je regardais par terre au cas où ils auraient fait tomber quelque chose en route. Il y avait des traces de pas partout sur le sable ; elles remontaient de l'eau vers le chemin, jusqu'à la chapelle et en sens inverse ; elles se recouvraient, tournaient en rond. Les herbes, sur les dunes, sont en train de mourir, elles lâchent leurs graines dans tous les creux.

En marchant, j'observais les empreintes en me demandant si c'étaient les leurs.

Je pensais rencontrer le révérend Jones quand il remonterait des bateaux, mais il y avait trop de monde autour de lui, dont Tad. J'ai croisé Carys, la femme d'un ami de Tad. Elle m'a saluée et je lui ai fait signe de la main. Elle s'est arrêtée pour me dire : « Les Anglais… Ils ne reviennent jamais pour toi, tu sais. » Tad a dû lui parler. J'ai pouffé et je me suis éloignée en vitesse.

Le dimanche, on met nos beaux habits et on va à pied jusqu'à la chapelle, à un kilomètre et demi à l'est. Là-bas, les maisons sont plus près les unes des autres le long de la pente qui descend à la plage, vers les appentis et les tables qui servent d'étals pour le marché. Les hommes tournent la tête pour saluer Tad, puis me sourient en guise de bonjour. Je tiens Llinos contre moi, ma main sur son cœur. Je ne suis pas jolie ; souvent, les gens disent que j'ai de beaux cheveux blonds, ce qui me donne juste envie de les tondre.

La chapelle est basse, couverte de mousse. Des mouettes marchent à la queue leu leu sur le toit ; la couche de guano est aussi épaisse qu'un tapis d'herbe bien que le pasteur lave régulièrement les ardoises. À l'intérieur, ça sent l'humidité. Une grande Vierge Marie en bois est accrochée au plafond sur la partie gauche ; de l'autre côté, saint Jean-Baptiste avec un mouton. À une époque, ils étaient peints de couleurs vives.

Les bancs ne sont pas très grands ; on n'y tient qu'à quatre ou cinq, par famille. Quand Mam était vivante, notre banc était celui de la famille et, pour moi, c'est encore vrai. Son coussin de prière est toujours à côté de moi ; l'arbre et le ciel ont foncé avec le temps. Il y a beaucoup d'arbres sur les coussins, mais, sur l'île, ils sont rares à cause du vent.

Tad discute avec Dafydd, le mari de Leah, assis juste derrière nous. Il a une radio et il lui parle d'un discours du Premier ministre. Ils bavardent comme ça tous les dimanches. Ils rient sous cape. Je tends l'oreille, mais Llinos se dispute bruyamment avec un garçon, devant nous, qui lui lance :

« J'ai entendu ton chien hurler hier soir. » Le « s » siffle entre ses dents de devant qui sont toutes petites. « Ma mère a dit que vous étiez paresseux de le laisser aboyer comme ça.

— De quoi elle se mêle ?

— Je te répète, c'est tout. »

Sur son col, il y a de petites baleines aux formes grossières que sa mère a brodées ; leurs bouches font comme de grands trous menaçants.

Je dis à Llinos avant qu'elle ne recommence à se chamailler :

« Tu es sale. Comment tu as fait pour te tacher entre la maison et ici ? »

Je mouille mon pouce avec de la salive et je frotte sa joue. Le garçon se retourne. Je gronde Llinos parce qu'elle s'est disputée à la chapelle. Elle répond qu'elle ne comprend pas pourquoi elle ne pourrait pas. J'écoute la conversation de Tad. Ils sont passés à la pêche des homards. Les bras écartés et les yeux fermés, le révérend Jones attend qu'ils se taisent.

*

Son sermon suit son chemin habituel : nous devons prier pour une pêche abondante, un métier, une vie pieuse et décente, puis il donne la météo marine pour la semaine qui vient. Par moments, sa voix est couverte par les cris des mouettes. Il raconte la parabole du semeur. Je regarde les femmes sur les autres bancs et je classe leurs coiffures de la plus jolie à la plus laide. On fait tous notre signe de croix.

Une mer calme et tranquille, Seigneur, une traversée calme et tranquille –

Bénissez les hommes qui affrontent les ténèbres de la mer pour que nous, sur l'île, puissions voir la lumière.

Je plie le tissu de ma robe en accordéon et je le laisse s'ouvrir comme un éventail.

Je me réveille au moment où le révérend présente Edward ; je n'avais pas remarqué qu'il était assis dans les premiers rangs. Maintenant qu'il n'est plus sur le bateau, tout pâle à cause du mal de mer, je vois que son visage est couvert de taches de rousseur. Ses cheveux cuivrés, qui ne sont plus ébouriffés par le vent, sont raides, bien coiffés, avec une raie droite sur le sommet du crâne. Il a un foulard jaune, comme une vedette de cinéma que j'ai vue dans un magazine. Il essaie de parler gallois, mais il a du mal. Il ne sait pas dire « rester », « village » ou « maison ». À côté de lui, Joan écrit sur ses genoux sans rien dire. Quand le révérend cite son nom, elle se retourne et fait un signe de main. Je baisse les yeux vers le sol. Je ne sais pas pourquoi, je ne veux pas qu'on me voie.

SJCEG Transcription 13 1

Une histoire qu'on raconte aux enfants de l'île. Un petit garçon va jouer un jour sur les dunes. En chemin, il aperçoit un os de phalange sur l'estran. Il le rapporte chez lui et le glisse sous son oreiller. L'os n'est pas censé être là mais sous la terre. Et parce qu'il a été retiré de l'endroit où il doit être, le monde bascule sur lui-même. Les poissons se mettent à marcher, il leur pousse des jambes, ils ouvrent la bouche en cherchant l'air. Les oiseaux tombent du ciel et commencent à ramper. Les animaux descendent vers la mer et se noient les uns après les autres. Les humains avancent sur les mains, les arbres s'arrachent du sol et se tiennent sur leurs racines comme sur des pieds. Les lapins se retournent pour chasser les renards, les papillons les cerfs. Dans ses oreilles, le petit garçon entend une grosse voix qui résonne depuis les profondeurs de la terre : « Rends-moi mon os ! »

Effrayé, il retourne aussitôt à la dune et replace l'os où il l'a trouvé. Il récite une prière au Bon Dieu, implore son pardon, demande que le monde se remette à l'endroit. Il voit la lune et le soleil reprendre leur place habituelle, les oiseaux chanter dans les arbres au-dessus de sa tête.

Parfois, quand quelque chose est déplacé, on voit le monde à l'envers jusqu'à ce que l'équilibre soit rétabli. Si mon père voyait un oiseau qui ne savait pas voler ou un mouton mort au large, il rentrait à la maison et retournait mes poches car il était sûr que j'avais volé quelque chose. Vous avez vu la baleine, en bas, sur la plage ? Il serait fou.

Recueilli le 12/10/1938 auprès de G. Stephens (éleveur de chiens né en 1873), résidant à Y Bwthyn Gwyn (« la maison blanche »). M'a été raconté le premier jour après un sermon, traduit par le pasteur baptiste de l'île. Variante de conte folklorique.

À mesure que les jours changent, qu'il fait plus froid et plus sombre, que l'herbe flétrit et devient marron, je pense aux deux Anglais. Pendant la saison du hareng, on passe lentement d'une longue journée à l'autre comme un corps qui bouge dans son sommeil. La lumière a des reflets argentés le matin et rouge sang au crépuscule, l'heure où les oiseaux viennent près de nous sur le rivage parce qu'ils savent que c'est là qu'on débarque le poisson. On dresse de longues tables sur l'estran et on étale la pêche dessus. Les femmes qui travaillent là ont les ongles noirs de sang ; les tabliers sur lesquels elles s'essuient sont couverts de viscères. J'imagine les Anglais se pinçant le nez à cause de l'odeur d'humidité, des bateaux piqués par la rouille.

Llinos et moi, on a déjà deux seaux de coques et j'en ai d'autres dans ma jupe, qui commence à pendre et à être trempée. Devant nous, un cheval tire une herse dans le sable pour retourner les coquillages ; on la suit en cherchant leurs ventres blancs.

Dès qu'on n'est plus à l'abri, un vent fort fouette la plage. La grève est jonchée d'herbes des dunes déracinées. Une nuée de mouettes nous suit et picore les puces de sable à découvert dans les sillons qu'on laisse derrière nous. Llinos se retourne et se plante devant moi. Je lui demande ce qu'elle regarde ; de la tête, elle me montre quelque chose dans mon dos.

Joan se faufile entre les tables, bavarde en riant avec les femmes. Elle porte un long manteau beige. Lorsqu'elle est au bout des étals, les femmes font de grands gestes vers la plage dans notre direction. Elle me voit et sourit. On reste sans rien dire pendant qu'elle s'approche en serrant son manteau contre elle pour se protéger du vent.

Elle arrive hors d'haleine. Elle me tend la main et nous salue d'un signe de tête.

« Il fait froid, n'est-ce pas ?

— Je suis contente de vous revoir.

— Moi aussi, rudement contente. »

Avec un doigt fin et osseux, elle écarte une mèche de cheveux de ses yeux, qui sont clairs et brillants.

« Comment avance votre projet ? »

J'entends mon cœur qui bat dans mes oreilles.

« On commence à peine. Pour le moment, on s'habitue au temps. »

Elle me montre la couperose sur ses joues.

« Bien sûr.

— Je vous cherchais. Je suis allée chez vous mais il n'y avait personne. Je voulais savoir si vous seriez intéressée par un travail. Un bon travail. De secrétariat.

— De secrétariat ?

— Des textes à écrire, à traduire. Mon collègue et moi, nous cherchons quelqu'un. Vous nous avez impressionnés dès qu'on vous a vue. Vous parlez bien anglais et bien gallois. »

Je dis « Oui » en remuant les coques dans ma jupe.

« Bien. Nous pourrons en reparler, je ne veux pas vous retarder.

— Vous ne me retardez pas.

— On m'a dit que vous étiez bonne élève.

— Je pensais étudier pour être institutrice sur le continent, mais mon père a besoin de moi ici pour l'instant. »

Je me rends compte tout à coup de l'allure que j'ai, avec ma jupe mouillée. J'ai l'air d'une pauvre fille de la campagne. Je lâche les coques sur le sable et je demande à Llinos de les mettre dans les seaux. Elle me jette un regard furieux mais elle obéit. Je me retourne vers Joan.

« On peut parler maintenant. »

Elle sourit. Ses yeux pleurent. La buée de mon haleine, devant moi, brouille ses traits qui deviennent flous.

*

On s'assied derrière des rochers qui nous coupent du vent. Cela l'amuse que la température change brusquement, que l'air soit soudain si chaud. Elle étale son manteau sous elle.

« C'est merveilleux ici. On se croirait dans un autre monde. Petite, j'imaginais toujours des endroits lointains. Dans un roman qui s'appelle *L'Île au trésor*…

— Je connais *L'Île au trésor*, je l'ai lu. »

Elle me raconte qu'elle rêvait d'un endroit sauvage, à l'écart des villes, où les gens sont comme des fleurs des champs. Je n'ai jamais observé l'île de près. Je n'ai jamais pensé qu'elle était intéressante, ou belle. Pendant un moment, on ne dit rien ; je regarde la plage, les étals, les femmes qui bavardent, les toits des maisons sur les falaises. Il faudrait que je lui dise qu'au printemps, quand on récupère la laine des moutons pour la filer, des brins flottent dans l'air comme des ailes de fée. Elle reprend :

« C'est mieux que la ville, c'est certain.

— J'adorerais aller en ville. »

Elle rit.

« Laquelle ?

— Je n'ai pas réfléchi jusque-là. »

Elle rit, plus fort.

« Vous avez de l'esprit. J'aime les femmes qui ont de l'esprit.

— Vous avez déjà pris le train ? » Elle fait oui de la tête. « Comment c'est ? C'est vrai qu'il pousse des cris ? »

Elle me raconte tout : le wagon-restaurant, les collines vertes qui défilent à la fenêtre, le porte-bagages au-dessus de la tête où l'on met sa valise et, oui, les cris. Tout en l'écoutant, je scrute l'horizon et j'imagine qu'un bateau vient vers moi, doré et brillant. Je me retourne et je vois la croix en or au cou de Joan, le bouton en fausse nacre en haut de son corsage.

« Je ne savais pas que, sur le continent, les femmes pouvaient aller à l'université.

— Bien sûr que oui. Depuis un certain temps déjà.

— Qu'est-ce qu'elles peuvent faire d'autre ?

— Presque tout. Pourquoi ne pourraient-elles pas ? »

Je n'ai rien à répondre. Elle me dévisage, l'air songeur.

« Votre anglais est impeccable. Edward était inquiet qu'on ne trouve personne.

— Je l'ai appris à l'école. Avec sœur Mary et en lisant *Woman's Own*. »

Là, elle rit aux éclats. Moi aussi. Ici, personne ne pense que je suis drôle.

« Je vois. Bon, c'est parfait. Vous pourriez passer pour une Anglaise. » Elle regarde la mer. « Le plus beau pays du monde. »

Sur la côte ouest, il y a une grotte où le soleil ne pénètre jamais. Elle est cachée à l'intérieur d'une crevasse dans la roche en surplomb. Lorsqu'il pleut, l'eau s'y engouffre en gargouillant et, quand il fait chaud, son odeur de cave se répand sur l'île comme une main posée dessus. Llinos dit qu'une créature vit dans cette grotte : une anguille blanche avec des yeux jaunes. Un garçon de l'école lui en a parlé ; un été, avec ses copains, il l'a vue dans l'eau peu profonde. Je n'y crois pas. Je pense que c'est le résultat d'une mutation ou un effet de la lumière sur une anguille ordinaire. Malgré tout, de temps en temps, je me dis que je pourrais aller la chercher et la rapporter à Llinos dans un bocal. J'aime imaginer la tête qu'elle ferait en la voyant. Elle a pour cette île un amour que je n'ai pas. J'imagine le reflet de son visage sur le verre, le corps blanc enroulé sur lui-même à l'intérieur. Les yeux jaunes qui la regardent.

J'ai installé la baignoire en zinc dans la cour. Mis une casserole à chauffer sur le fourneau et porté l'eau à l'extérieur. La vapeur s'est déposée sur les plantes et a gelé. Llinos entre dedans la première. Enfonce le savon dans l'eau. Des écailles remontent à la surface.

« Tu ne t'es pas lavé les mains comme il faut.

— Si…

— Tu mets des écailles dans l'eau. »

Je sors ses mains et je cherche la brosse à ongles au fond de la baignoire. Llinos gigote, éclabousse mes vêtements. Je pose ses doigts sur le bord et je frotte pour faire tomber les écailles par terre. De petits disques d'opale. Elle crie qu'elle a froid.

Je lève ses mains jusqu'à ma bouche et je souffle dessus. Elles ont la même odeur que celles de Mam dans mon souvenir. Je détestais cette odeur. Je voulais la sucer pour la faire partir et la recracher dans la mer.

*

On rentre s'asseoir devant le feu pour se réchauffer et sécher nos cheveux mouillés. Tad est dehors, dans l'eau ; j'entends son corps qui bouge, l'eau qui déborde de chaque côté. Je raconte à Llinos ce que je vais faire avec le couple. Elle répond :

« Cette Anglaise. Elle était bizarre.

— Pas vraiment. C'est juste que tu n'es pas habituée aux gens comme elle.

— Comme quoi ?

— Qui ne sont ni fermiers ni pêcheurs. »

Elle tient mes fils pendant que j'avance sur une broderie. Je ne sais pas encore ce que ce sera. Il y a des moutons sur une colline, plusieurs personnages, et je commence un groupe de corneilles.

« Elle t'a demandé quoi ?

— De l'aider. Ils écrivent un livre.

— Un livre ?

— Sur l'île. Ils viennent du continent. De très très loin, de l'autre côté, à Oxford. Ils travaillent pour une université. Joan dit que nous sommes très intéressants. Le révérend Jones leur a parlé de mon anglais.

— Je sais. J'étais là…

— Ils veulent discuter avec les habitants, mais ils ne comprennent pas le gallois. Joan l'a appris un peu, mais elle dit que c'est encore du chinois pour elle. Elle est très drôle.

— Qu'est-ce qu'elle veut savoir sur l'île ?

— Tout, je suppose. »

Les motifs viennent sous mes doigts, point par point, sans que je m'en rende compte. Je noue le fil noir et je prends du vert pour les touffes d'herbe des dunes. Llinos me montre une corneille qui a l'air d'être couchée par terre.

« Celle-là, tu devrais la faire en squelette.

— Passe-moi le fil blanc. »

J'ai envie de me racheter après les coques.

« Manod… »

Un os blanc apparaît sur le noir.

« Tu as des poils sur la peau ? Aux endroits intimes ? »

Je commence la colonne vertébrale, deux côtes. C'est facile de broder une ligne droite.

« Oui, Llinos. Toutes les dames en ont.

— Cadoc n'arrête pas de me demander s'il peut les voir. »

Cadoc, un fils de fermier maigrichon qui vit dans l'ouest de l'île et qui a cinq frères.

« Ne lui montre pas. »

Je la laisse se blottir contre moi pendant que je travaille. Je ne suis pas obligée de repasser sur le squelette : le fil blanc ressort bien sur le noir. Je tends le cercle à bout de bras pour voir la scène en entier. On dirait que les corneilles sont rassemblées autour de celle qui est morte. Un enterrement, ou une fête.

*

Après que Llinos est partie se coucher, je me touche sous ma jupe. Je la soulève, je trouve le bon pli et je me laisse aller à sentir le plaisir. J'essaie de penser à Llew, au temps qu'on a passé ensemble, mais je ne pense qu'à Joan, ses mains roses à cause du froid, sa façon de frotter ses yeux avec ses doigts quand ils pleurent qui les fait briller comme de l'argent.

Les harengs sont pêchés et remontés sur les bateaux pour être vendus sur le continent. Les femmes travaillent vite ; elles les attachent trois par trois par la queue et les suspendent à un long fil de fer. Les plus jeunes, qui ont arrêté l'école depuis peu, nouent de petits rubans à leurs nageoires. Sur les façades de certains bâtiments du continent, il y a de grandes peintures qui font la réclame des harengs de l'île ; ils sont bleu et argenté, souriants, entourés de jolis rubans aux teintes vives. En vrai, les rubans ressemblent plus à des lanières de toile de jute, moins colorées que sur les peintures, les harengs sont marron et ont l'air triste.

Rosslyn disait que les gens, là-bas, savent à peine que l'île existe. Ils l'aperçoivent par beau temps mais ils n'y pensent pas. En tout cas, ils ne pensent pas à y venir. Tad dit : « Ils y pensent s'ils ont du poisson dans leur assiette. Ils y penseraient s'il n'y en avait plus. C'est la dernière fois que j'en entends parler, Elis. Manod. J'ai dit Manod, nom d'un chien ! »

Je suis censée prier chaque matin devant les images des saints. C'est Tad qui me le demande. Le révérend Jones dit que, techniquement, nous n'avons rien à faire avec les saints, mais les pêcheurs le font tous. Ils prétendent que saint Brendan les empêchera d'être emportés par une vague. Je répète toujours à Tad de ne pas mettre ses bottes en caoutchouc s'il ne veut pas se noyer ; ce sont elles qui l'enverront au fond. Je nettoie l'âtre, j'ouvre la porte et je regarde les cendres tomber en tourbillonnant.

Joan est devant la chapelle. J'ai mis ma plus belle robe en mousseline blanche et j'ai huilé mes cheveux pour les lisser. Elle me dit bonjour et me fait signe de la suivre vers l'une des dépendances, où Edward attend.

Il lit, assis à une table. Dans la pièce, il y a une grande porte en fer ; l'eau coule goutte à goutte des trous du toit. Joan s'assied à côté de lui, me montre la chaise en face d'eux. Entre nous, sur la table, un tas de papiers, des carnets à reliure de cuir et une grosse boîte noire avec un fermoir en cuivre. Edward prend une feuille sur la pile et la tend sans lever les yeux.

« Joan m'a dit qu'elle vous avait parlé du projet. Voilà les grandes lignes de ce que nous voulons recueillir. »

Je fais une petite révérence.

« Bonjour.

— Je ne sais pas pourquoi vous vous êtes habillée en blanc. » Ses yeux glissent vers Joan, qui ne réagit pas. « À l'avenir, il faudra porter quelque chose de moins salissant. »

Joan me sourit.

« Sois un peu plus aimable, Edward. »

Je prends la feuille qu'il tient à bout de bras.

Nourriture, usages.
Mariages, enterrements.
Chansons, contes.
Jeux d'enfants.
Agriculture.
Fêtes.
Géographie.
Chapelle.

« C'est une longue liste.

— Nous restons longtemps, répond Joan. Jusqu'à la fin de l'année.

— Nous attendons notre matériel. Il devrait arriver sous peu, ajoute Edward tout en parcourant quelque chose. Il était trop lourd pour le bateau sur lequel nous sommes venus. Pour l'instant, nous allons simplement organiser notre travail et prendre des contacts. Vous devrez traduire pour nous. Au fait, quand a lieu la prochaine collecte de courrier ? »

Il me regarde par-dessus ses lunettes. Il a une grande bouche et des lèvres gercées ; son souffle couvre ses verres de buée.

« Je ne sais pas. Le mois prochain, je crois.

— Le mois prochain ?

— Il ne part pas très souvent. Ce sera le mois prochain, ou celui d'après. Vous pourriez envoyer un télégramme par le phare, mais seulement en cas d'urgence. »

Il se tourne vers Joan et lève les yeux au ciel.

« Je vais fumer une cigarette. »

En se levant, il heurte la table et fait glisser les documents. Je les rattrape, mais pas le crayon, qui tombe sur les dalles en faisant du bruit.

« Il n'a pas dormi depuis qu'on est là.

— Il semblait si gentil chez nous. Je l'ai contrarié ? »

Elle vient de mon côté de la table et remet le crayon en place. Je lui dis :

« Je suis désolée à propos du courrier.

— Ne vous en faites pas. Ce n'est pas très surprenant. Il est simplement impatient de renvoyer des lettres à notre directeur de recherche.

— Je m'en veux d'avoir mis du blanc. »

J'ai l'impression que je vais pleurer. D'une voix enjouée, elle me demande :

« Vous voulez que je vous prenne en photo ? »

Elle attrape l'étui noir au bout de la table, le prend délicatement d'une main et, de l'autre, me fait signe de bouger ma chaise.

« Plus près… À gauche… Stop. Ne bougez plus ! »

Je glisse mes cheveux derrière mes oreilles, je pose les mains sur mes genoux, puis autrement, l'une sur l'autre. Je colle mes pieds. On ne m'a pas photographiée depuis que j'étais toute petite, avec les chevaux en bois. Quand le flash se déclenche, mes yeux se remplissent de points verts qui ne s'en vont pas de la journée.

À mon retour, mon père est dans la cour, accroupi au-dessus du seau, occupé à compter les homards qu'il a attrapés. Il a rapporté les casiers près de la maison ; ils sentent comme dans une grotte et sont recouverts d'une croûte blanche. Les flotteurs, autour de lui, ressemblent à des globes. Elis les renifle, puis donne un coup de patte sur le genou de Tad, qui se relève avec difficulté.

« Regarde comment je les compte et fais pareil. »

Je m'agenouille devant le seau et je le bloque entre mes jambes. Mon père prend les deux homards du dessus par la queue et les tient de façon qu'ils ne le pincent pas. Je l'imite et je me dépêche de compter les carapaces qui sont dessous.

« Sept.

— Tu parles anglais chez nous maintenant ?

— *Saith.* »

Ce n'est pas beaucoup.

Derrière lui, la lampe à huile. Un bateau-citerne a accosté au printemps et toute l'île utilise encore sa cargaison. La lumière tremblote à la fenêtre. Je vois qu'il a du sable dans sa barbe. Il a décroché son dentier et le déplace dans sa bouche en le faisant claquer.

Les cicatrices, sur sa main, font penser à des points de couture au fil blanc. Il renifle.

« Je voulais te demander… Tu travailles pour ces deux Anglais ? » Je fais oui de la tête. « Llinos m'en a parlé.

— Ils disent que je pourrais aller à l'université.

— On dit aussi que la guerre n'est pas loin. Je ne suis pas sûr que ce soit une bonne idée de traîner avec eux. »

Je sais comment il l'a appris : les pêcheurs qui crient en passant devant son canot ; ses clients sur le continent ; les journaux qui arrivent de temps en temps et passent de main en main jusqu'à ce que les mots soient à moitié effacés.

Je réponds : « Elle n'est pas encore là » et je rentre avant qu'il ne continue. Je m'assieds près du feu et je l'écoute transporter le seau d'un bout de la cour à l'autre, vider les poissons avec le couteau qu'il a toujours dans sa botte, marmonner tout bas à Elis. En fermant les yeux, je vois les siens qui me regardent, aussi clairs que l'eau pure.

Dans mon lit, je crois entendre Edward et Joan écrire de l'autre côté du mur. Je ferme les paupières et je sens la chaleur de Llinos contre moi, sa cage thoracique qui se gonfle et se vide. Elis trottine dans la salle. J'imagine le grattement de leur stylo sur le papier, le crayon qui repasse par-dessus leurs mots, les miens pendant que je traduis, jusqu'à ce que mes pensées se mêlent aux cris des mouettes qui volent au-dessus du toit, au bruit sec de leurs pattes quand elles se posent.

Selon que la mer est d'une couleur ou d'une autre, cela veut dire différentes choses. Noire : une tempête se prépare. Couleur de merde : une bonne journée pour les bateaux.

Une année, la mer s'est transformée en glace sur près d'un kilomètre autour de l'île. Un hiver épouvantable. Dans la chapelle, le révérend Jones nous adressait un regard fixe et vide comme s'il ne voulait pas penser à ce que cela signifiait. On avait tué presque tous les moutons de Merionn pour se nourrir ; ceux qui restaient étaient morts de froid. Les bêtes qu'il a aujourd'hui sont des descendantes des trois qui avaient survécu.

Au cours d'une tempête, des arbres se sont échoués sur la grève par centaines. Les hommes ont fabriqué des cercueils pour eux, leurs femmes et leurs enfants. Quand le printemps est arrivé comme par miracle, ils les ont retournés et s'en sont servis d'embarcations pour rapporter les poissons à la côte.

Si une méduse s'échoue, quelqu'un a un secret.

Si l'eau est couverte de pétrels, il gèlera dans la matinée.

J'ai réuni plusieurs pêcheurs pour qu'ils chantent les airs qu'ils reprennent en chœur sur les bateaux. Je leur ai proposé un peu de l'argent que Joan m'a donné, quelques pièces et des cigarettes, et je les ai conduits de la plage à la chapelle, où Joan et Edward les attendaient.

Quand ils commencent, l'écho de leurs voix monte jusqu'au toit. À côté d'eux, Edward paraît très grand, très pâle, avec une bouche blanc et rouge comme un chaton.

Il me demande de traduire les paroles. Tout en écoutant, il dessine les notes. Je n'ai jamais vu la musique écrite de cette façon. Je connais la chanson par cœur et je ne mets pas longtemps à la transcrire. Je vois qu'Edward observe les hommes attentivement.

L'autel rudimentaire est recouvert d'un vieux châle. Le mur, derrière, est peint : des saints hideux et des bateaux de pêche. Lorsque j'étais petite, j'en avais recoloré une partie. Un groupe d'enfants avait été chargé de raviver les teintes ternies. Le révérend Jones avait choisi les filles parce qu'elles avaient la main sûre et une belle écriture. Je me souviens que j'avais repassé du rouge foncé sur un cheval qui avait une tête énorme et un air sauvage. J'avais demandé au révérend si je devais redessiner tous les poils de sa longue crinière et il m'avait répondu : « Pourquoi tu ne le ferais pas ? » Il pensait que nous avions une grande dette envers les gens qui avaient décoré le mur en premier. Rosslyn, à côté de moi, repeignait les petits sujets : les poissons, les lézards, les oiseaux. Ensuite, on avait regardé les autres motifs en passant nos doigts dessus. Des danseurs qui se tenaient la main. Une lune jaune. Un homme portant le masque d'un oiseau au long bec recourbé qu'on ne connaissait pas.

La chanson raconte un naufrage, un bateau de pêche perdu en mer. Après, Edward me demande si les phoques dont elle parle sont une métaphore des marins morts rejetés sur la plage au dernier vers. Je dis que non, ce sont deux choses séparées.

C'est un *hâf bach*, un « petit été » : le soleil s'installe quelques jours à l'arrivée de l'automne. Les phoques viennent sur la grève avec leurs petits, blancs et duveteux. J'emmène Llinos les voir. Il y a un mâle aussi gras qu'une vache sans pattes ; il est suffisamment loin pour ne pas pouvoir nous rattraper si jamais il nous fonce dessus. On s'amuse à taper dans nos mains jusqu'à ce qu'un des petits rampe vers nous. Llinos lui parle en roucoulant, lui tapote la tête. Curieusement, il n'a pas peur. Derrière lui, un autre tète sur un rocher pour être plus à l'aise. On rentre chez nous en passant par les dunes. Llinos ramasse un bouquet de laîche des sables et me le tend pour savoir si, à mon avis, ça sent comme dans la bouche d'un cheval.

SJCEG Transcription 20

La femme prenait le bébé phoque et l'élevait comme si c'était le sien. L'histoire que me racontait ma grand-mère finissait comme ça. Je ne me souviens pas du reste. Seulement de la fin. Je me rappelle certains morceaux : la femme avait un fils et ce fils se noyait. Oui, c'est ça. Il revenait sous la forme d'un phoque, bizarrement. La femme prenait le bébé phoque chez elle et lui donnait le sein, cela me revient. Je voulais être un bébé phoque. Et ne pas quitter ma mère.

Recueilli le 12/10/1938 auprès de D. Evans (charpentier de marine, né en 1900), résidant à Atty Draw (« là-bas » ; maison où logent deux familles).

Le froid nous est tombé dessus et a déposé une fine couche de givre sur le sol. Le corps de la baleine semble se dessécher ; le bord de sa bouche est tout déchiqueté. L'odeur nous accable.

Le matériel d'Edward est arrivé et je suis allée le chercher sur la grève. J'ai dû emprunter une brouette à Leah. Deux hommes ont porté dans les hauts-fonds une grosse valise, une caisse rectangulaire et un rouleau de câble qu'ils ont posés devant moi. Je les ai payés et j'ai attendu qu'ils comptent l'argent. L'un d'eux m'a demandé :

« Tu vis ici ? J'ai entendu beaucoup de choses sur cette île. »

Je l'ai regardé de plus près. Il était maigre comme un clou, avec des dents noires et une poignée de points rouges sur le nez.

« Ah bon ? Vraiment ?

— Pourquoi tu ne vas pas vivre sur le continent ? Tu trouverais du travail. Il fait meilleur qu'ici et les maisons sont plus belles. Tu pourrais aussi te trouver un bon mari. »

J'ai serré mon foulard sur mes épaules et j'ai observé les phoques au bord de la plage, leur corps couleur de pierre. Les hommes sont remontés dans leur bateau et sont partis ; les vagues poussaient la proue de plus en plus haut. Les phoques les ont suivis et ont disparu sous l'eau.

Edward pose la valise sur la table et l'ouvre. À l'intérieur, il y a un appareil d'enregistrement. Il fait un geste pour que je vienne voir et m'explique, tout excité :

« C'est un phonographe. Il enregistre sur des disques, pas sur des cylindres, qui s'abîment facilement. La qualité du son est meilleure. Parmi les meilleures au monde. Plus facile à transporter. Vous voyez ? Mon collègue, le professeur John, l'a recommandé et il a réussi à convaincre l'économe de le financer.

— Nous n'avons pas de mot pour cela.

— Bien sûr que non. Pourquoi en auriez-vous ? »

J'ouvre la caisse pour me rendre utile. Elle est pleine de disques noirs très fins. Je passe le doigt dessus. Edward la tire vers lui et la referme.

« Il est très important de prendre soin du matériel. »

Il déballe un petit microphone rond et l'installe sur la table. Je le soulève et le câble heurte le bois. Je m'excuse à voix basse et je le repose.

J'observe Edward. Ses gestes sont rapides mais délicats. Il sort un disque, le lève à hauteur de ses yeux pour l'inspecter des deux côtés, le place sur l'appareil et abaisse un petit bras dessus.

« Si nous le testions ?

— D'accord.

— Vous voulez bien chanter quelque chose ?

— Je peux. »

Je commence par quelques vers d'une chanson d'amour que Mam nous fredonnait souvent. Edward approche le microphone, me fait signe de continuer. À la fin, il me dit :

« Vous avez une belle voix. »

Le disque continue à tourner avec un bruissement velouté.

« Merci.

— Je chante aussi. J'ai étudié à l'université grâce à une bourse pour la maîtrise. Je devais répéter tous les jours dans la chapelle. »

J'aimerais lui poser plus de questions, mais Joan entre en portant deux livres, qu'elle pose sur la table sans nous regarder. Edward recommence à manipuler la machine. Il est tout rouge.

« Grâce à cet appareil, vous ne serez pas obligée d'assister à tous les entretiens. Vous pourrez simplement nous aider à traduire ensuite.

— Oui, confirme Joan. Et puis, Manod, je voulais vous demander si vous pouviez me faire faire un tour de l'île. Me montrer quelques endroits. »

Je hoche la tête et je répète « microphone » tout bas jusqu'à ce qu'il ne ressemble plus à un mot.

*

En sortant avec Joan, je vois Olwen. Elle a un an de plus que moi et elle vient de se marier. Son ventre bien haut, serré dans ses habits. On se sourit. J'aperçois ses chevilles roses sous sa jupe quand elle s'en va rejoindre son époux au bout du chemin. Il marche devant elle sans se retourner. J'ai vu des filles mariées à seize ans, mères de famille à vingt, veuves de marin à trente-cinq, usées et perdues.

SJCEG Disque 1 A

Si mon amour vient à la porte,
Si mon amour tape au carreau,
Réponds-lui poliment et dis-lui gentiment
Que je ne suis pas chez moi, que je ne veux pas y être,
Un homme venu d'ailleurs m'a emmenée,
Un homme venu d'ailleurs m'a emmenée.
Ce soir, ici, ce soir, si mon amour répond,
Dis-lui que la mer court plus vite que le vent.

Recueilli le 24/10/1938 auprès de M. Llan (née en 1920), résidant à Y Bwthyn Rhosyn (« la maison aux roses »). Chanson folklorique.

Le baptiste qui m'héberge me montre les registres de l'île, qu'il remplit lui-même à Noël. Il me dit que tous les habitants ne sont pas répertoriés car, presque chaque année, il y en a qui disparaissent en mer.

La population de l'île diminue depuis le tournant du siècle. Beaucoup d'îliens – surtout les plus jeunes – déménagent sur le continent en quête d'un revenu régulier. Ceux qui vivent encore sur l'île sont en majorité des filles à marier ou des fils de pêcheur qui reprennent le métier de leur père. Je lui demande si cela le préoccupe et il répond que oui, beaucoup. Pour que les demoiselles restent au foyer et que les jeunes gens ne partent pas, il tente de prêcher dans ses sermons les avantages de vivre chez soi et sur sa terre. Mais ce n'est pas simple : le climat est rude et gagner sa vie, si difficile. On ne peut pas leur reprocher de vouloir y échapper.

Un bateau est rentré ce soir. Un harenguier. Un gars de l'île et un équipage de pêcheurs qui remettront les voiles demain matin. Ils vont dormir au phare. Tad nous a emmenées leur rendre une visite au cas où ils auraient apporté du whiskey ou des journaux.

Un des hommes m'a coincée. Je ne l'ai pas reconnu. Il a dit qu'il était du Danemark. Il avait une fine couche d'écume blanche sur la langue. Il m'a raconté qu'un jeune marin était mort en mer sur leur bateau. Ils faisaient une partie de cartes pour passer le temps, comme presque chaque soir. Le jeune a posé son jeu sans un mot, il a traversé le pont en courant et s'est jeté à l'eau. Le temps que le bateau s'arrête et fasse demi-tour, il avait disparu. L'homme ne semblait pas attendre que je réagisse, il voulait juste raconter son histoire. Je me suis excusée et je me suis éloignée.

De l'autre côté de la pièce, Llinos était assise sur les genoux de Tad, qui avait enroulé son bras autour d'elle tout en tenant son verre. Elle dormait en dodelinant de la tête pendant qu'il discutait avec son voisin. Ils lisaient un journal à deux. Sur la première page, il était écrit : *5 000 soldats britanniques envoyés dans les Sudètes*. Une photographie de Neville Chamberlain, les bras écartés. Vieux de trois semaines.

L'homme du Danemark continuait de parler tout près de mon visage ; son haleine puait comme un chien. Je me suis levée et j'ai pris Llinos pour rentrer à la maison. Quand je l'ai soulevée, elle m'a attrapée par le cou en marmonnant quelque chose dans son sommeil à propos de confiture. Je lui ai soufflé : « Tu m'en parleras demain. »

Dans ses bons jours, Mam nous réveillait en grimpant dans notre lit et on somnolait toutes les trois. Elle nous racontait ses histoires préférées, des épisodes de sa vie. On voyait l'ombre des oiseaux par la fenêtre. Elle n'avait pas grandi sur l'île, mais sur le continent, dans la ferme de son père, au bord de la mer. Elle avait trois frères. Les hivers rigoureux, ils lui apprenaient à chasser la perdrix et le petit gibier. Un jour, elle avait posé des collets pour les lapins sans se rendre compte qu'elle s'était aventurée dans le champ du fermier voisin. Au matin, son père lui avait demandé de venir dehors, où ses frères l'attendaient. Sept lapins avaient été posés contre la porte, les pattes ficelées avec le fil de fer rouge des pièges. Le voisin les avait coupés en deux et arrosés d'urine pour les rendre immangeables. Ses frères ne lui avaient pas adressé la parole pendant une semaine.

Elle disait toujours : « Je n'étais pas faite pour cette vie-là. Je ne connaissais pas la terre comme mes frères. » Parfois, elle ajoutait : « À part épouse, il n'y a pas de travail pour une femme. »

Je me demandais ce qu'elle avait ressenti en venant ici, lorsqu'elle avait compris que l'île n'était qu'une grande ferme, avec la mer qui faisait bouger les limites des champs. Elle nous serrait contre elle sous les couvertures et notre peau était zébrée de marques rouges.

Une partie des intestins de la baleine s'est déversée sur le sable – des pétales de graisse bleu et mauve. Son sang a coulé sur la laisse de haute mer. Les oiseaux continuent à becqueter de petits morceaux sur son dos.

La marée haute a emporté son corps là où l'eau est plus profonde, des poissons se sont collés à elle comme de petits volants, puis la marée basse l'a rapportée avec un coussin d'insectes sur le menton.

Le vent pousse la brume de mer vers les falaises. L'air est humide dans la lumière de fin de matinée. Squelettes de vieilles maisons. Eau et marais salants à perte de vue. Fougères sur la crête, dont les frondes commencent à se décomposer. Joan voulait voir les falaises et elle note tout ce que je dis.

Nous passons devant un vieux pneu à moitié pourri. Je lui explique qu'on découvre encore des débris de la Grande Guerre sur le rivage. Des uniformes, des casques. Des éclats de mines marines. Un jour, une grenade non explosée. Llinos et moi, on s'était cachées dans la maison pendant que les adultes attendaient l'arrivée des soldats sur la grève.

Joan bavarde plus qu'elle n'observe et griffonne tout un tas de choses dans une écriture sinueuse que je n'arrive pas à déchiffrer. Elle me parle de la demeure de son père à la campagne, des pigeons voyageurs qu'il élevait. Elle décrit avec beaucoup d'affection leurs plumes mouchetées de gris clair et de brun, leurs jabots bouffants blancs comme neige. Je n'en ai jamais vu et je l'écoute attentivement. Elle me dit qu'ils ne sont pas plus gros que des chatons.

C'est fascinant. Je me demande ce qu'ils font de la merde des oiseaux, mais je le garde pour moi.

« Ce sont des animaux extrêmement intelligents, les pigeons. »

Je reconnais certains mots qu'elle écrit : « falaise », « mouette », « œuf ».

« Pendant la guerre, ils transportaient des messages. Ils savaient exactement où ils allaient. »

Je ne réponds pas. Je dois la guider au milieu des terriers des lapins tués par les chasseurs, des touffes d'armérie, des plaques de terre nue. Les œufs ont presque tous été ramassés. Je me mets à quatre pattes et je lui montre l'herbe aplatie pour faire un nid, les coquilles brisées par les vipères, les empreintes de bottes de ceux qui sont passés avant nous.

Quand je me relève, elle est distraite. En montrant l'endroit où l'eau recouvre l'extrémité du cap, elle dit :

« J'adore la mer. C'est romantique, vous ne trouvez pas ? »

Je ne trouve pas.

Je tends le doigt vers des points minuscules au loin.

« Ces taches blanches, ce sont les bateaux. L'un d'eux, c'est mon père. Il relève les homards.

— Votre père est un pêcheur de homards ? »

Je fais oui de la tête. Elle semble ravie.

« Il faut que nous lui parlions. Il y en a beaucoup sur l'île ?

— Trois. Lui et deux autres. »

On regarde les canots avancer lentement à la rame. Je sens l'ourlet de son manteau contre mon bras. Je sais qu'à son retour Tad puera le sel et le sang de poisson, mais, pour l'instant, les bateaux sont petits et fragiles sur la vaste mer, comme des grains de sucre éparpillés sur une nappe.

Joan dit d'un air songeur :

« Il n'y a pas beaucoup de jeunes. Comme vous.

— Ils sont partis… »

Je sens que mon pied part sur le côté et je pousse un cri. Je ne regardais pas où je marchais et il s'est enfoncé dans un terrier. La douleur est vive et intense et, lorsque Joan m'aide à me relever, ma cheville est chaude, comme si une main l'entourait et la serrait lentement.

*

Nous mettons longtemps à redescendre sur la plage. J'ai du mal à m'appuyer sur ma cheville. Joan essaie de me porter, mais elle n'est pas assez forte. Je suis gênée et, pour la distraire, je lui signale les endroits où l'on aperçoit le continent, le groupe de toits aux couleurs ternes. Les petites fleurs roses dans l'herbe qui tiendront jusqu'aux premières gelées. Joan s'arrête et prend des notes en silence. Je lui dis que mon nom vient d'une plante du littoral. C'est un mensonge, mais je suis anxieuse et je veux l'impressionner. Je finis par lui demander :

« Vous êtes mariée ? »

Elle rit.

« Oh, non. Je suis bien trop occupée pour cela.

— Occupée à quoi ?

— Écrire, lire, parler, manger, dormir.

— Je ne savais pas qu'on pouvait.

— Qu'on pouvait quoi ?

— Eh bien… ne pas se marier. »

Elle hoche la tête, indifférente. On arrête de marcher pendant qu'elle écrit quelque chose. Je lorgne sa page. *Petits sentiers sinueux au-dessus des falaises. Très froid sur la plage. M. semble habituée.*

« Le livre, vous l'appellerez comment ? »

Elle sourit.

« Je pense à quelque chose du genre *Histoires des terres limitrophes.*

— Je l'aime bien.

— Edward voulait un titre plus éthéré, comme *Histoires d'une classe en voie de disparition.*

— Nous sommes en voie de disparition ? »

Elle se penche pour ramasser des fleurs et des petites pousses, les glisse dans son carnet. Je lui donne leurs noms : claquet, scille de printemps. Elle s'époussette alors qu'il n'y a rien puis elle se racle la gorge.

« L'île a perdu beaucoup d'habitants. Au tournant du siècle ?

— Le révérend Jones vous l'a dit ? »

Elle fait oui de la tête.

« Beaucoup de gens du continent ont commencé à venir et à racheter les maisons. C'était avant que je naisse, Tad me l'a raconté. Elles n'étaient pas chères.

— Ils ne sont pas restés ?

— Trop isolé, trop froid, apparemment. Ils sont repartis. Les îliens ont pensé qu'ils devaient en faire autant. Je ne les blâme pas.

— Vous aimeriez partir ? »

Une mouette s'approche de mon pied. Je tends la jambe pour la chasser, mais je sens un élancement dans ma cheville. La mouette s'éloigne, frigorifiée, le bec grand ouvert en signe de défense.

« Je ne peux pas laisser Llinos. »

Le vent qui se lève projette du sable sur nos chaussures.

« J'interprète cela comme un oui », dit Joan avant de se remettre en marche.

Je traîne un peu en arrière. Ma joue me démange. Je la frotte contre mon col. J'entends la mouette appeler ses congénères. Les nuages, à l'horizon, sont de la même couleur que la mer. Un bateau disparaît au loin comme s'il tombait d'un rebord à pic.

*

Sur le chemin du retour, nous passons devant un groupe de femmes qui ramassent des coques avant que la mer ne remonte. Plus loin, des femmes de pêcheur entassent des caisses sur les charrettes, se lancent des ordres en criant. Joan passe son temps à retirer ses gants pour toucher les poissons.

Les coquilles tombent au fond des seaux en faisant un bruit sec. Elle s'arrête pour les regarder, hypnotisée. Une vieille femme avec un châle violet vient vers nous, me prend les mains et les serre. Je les retire brutalement.

« Vous avez vraiment une vie incroyable », dit Joan.

Je regarde la mer derrière nous, la façon dont elle remue, se transforme. Sur la grève, il y a un bateau avec un petit garçon dedans. C'est le fils de l'ami de Tad. Il a une peur bleue de l'eau depuis que son oncle s'est noyé en mer. Son père le prend matin et soir dans son canot pour qu'il ne soit plus effrayé et qu'il puisse devenir pêcheur. Le gamin tripote quelque chose sur ses genoux, que personne ne peut voir.

À la maison, Tad somnole au coin du feu. Il se réveille en sursaut quand j'ouvre la porte. Me demande s'il fait nuit dehors.

« Presque. »

Il referme les yeux.

« Ils ne devraient pas te garder si tard. »

Dans le seau, près de la porte, il n'y a que trois homards aujourd'hui. Pas assez pour manger, pas assez pour vendre. Je sais qu'il ne voit pas d'un bon œil que je fasse des études. Il l'a déjà dit et m'a reparlé de Marc, qui s'intéresse à moi. Ce que je ne peux pas répondre, c'est que Llinos et moi, on ne peut plus compter sur lui. J'entoure ma cheville d'une bande de gaze et je la laisse au repos. Au matin, la douleur a presque disparu.

On parle souvent d'évacuation sur l'île. Des fonctionnaires viennent parfois du continent et passent de maison en maison pour nous poser des questions à la porte. Est-ce qu'on sait à combien sont les salaires ? Est-ce qu'on a besoin d'aide pour trouver du travail là-bas ? Est-ce que le temps a changé ? Ce discours, on le connaît déjà : le climat, la montée des eaux, les souffrances inutiles. On entend aussi d'autres sons de cloche : les familles entassées dans une seule pièce, les maisons collées les unes aux autres, le brouillard, la conscription.

Cela s'est produit ailleurs. Les hommes en uniforme. Les villages remplacés par de nouvelles houillères ou des stations balnéaires. Les propriétaires qui relouent les champs aux fermiers. Pas loin d'ici, un village du continent est devenu un parcours de golf. À certains moments, par temps clair, j'imagine que je le vois en me dressant sur la pointe des pieds depuis la plus haute falaise : les grandes étendues vertes et les petits drapeaux rouges, les femmes en twin-set jaune et leurs maris plus âgés. J'essaie aussi d'imaginer ce qu'ils se disent, mais je n'y arrive pas.

Je sais où j'irai si l'ordre d'évacuation arrive. Je sais qui a de la famille dans des villes en Angleterre, en Irlande, en Amérique. Je sais aussi qui sera obligé de rester.

J'ai tout organisé dans ma tête. J'en rêve régulièrement. Tad ira vivre à Llandudno avec son oncle boucher. Je ferai sortir Llinos de la maison et on montera au sommet de la colline par le sentier qui longe la mer. En été, l'eau ressemble à un parquet ciré ; on pourrait faire des glissades dessus. Sur le sol, on voit les empreintes de sabots des vaches et des moutons. À la pointe ouest de l'île, il y a une très grande colline et un escarpement où personne ne va jamais parce que les oiseaux nichent les uns contre les autres ; les rochers sont tapissés d'une épaisse couche de merde et de Dieu sait combien de squelettes de mouettes et de souris.

Je ferai le guet en direction du continent et j'attendrai que le bateau s'arrête pour nous prendre. Je nouerai mon chapeau sous mon menton. Je n'ai pas de chapeau comme ça mais, d'ici là, peut-être. Sur le bateau, un beau marin m'apercevra et nous accueillera à bord. Il se révélera être riche. Llinos et moi, on naviguera avec lui sur l'océan comme un gigantesque poisson montrant son ventre au ciel.

La liaison aléatoire avec le continent est un élément essentiel de la vie insulaire ; la traversée est d'environ huit kilomètres par beau temps et de plus du double s'il fait mauvais.

Les habitants donnent l'impression de vivre très loin du continent. Les nouvelles leur parviennent par bribes. Ils ne sont qu'une poignée à connaître avec précision la chronologie des événements récents. Presque tous ceux à qui nous parlons nous demandent si nous avons apporté des journaux. Beaucoup nous questionnent sur l'éventualité d'une guerre. Une vieille femme dont le mari a été tué lors d'une attaque sous-marine durant la Grande Guerre a voulu savoir ce que nous avions personnellement l'intention de faire à propos d'Adolf Hitler.

*

Quand leur semaine d'école est terminée, les enfants vont sur la plage jusqu'à ce qu'il fasse trop froid et que leur mère leur dise de rentrer. Ils s'amusent à toutes sortes de jeux, actifs ou statiques, entrecoupés de comptines et de chansons.

Hormis les jeux universels (football, marelle, billes, saute-mouton, colin-maillard, chat perché, osselets, balle au prisonnier, cache-cache, chandelle, enfile l'aiguille, etc.), nous avons observé les suivants : Tous les poissons dans la mer, Le roi des crabes, Vent d'est, vent d'ouest, Attrape la pie, Lapins-chasseurs, La chasse au phoque, 1, 2, 3, Jeremiah.

Ces activités ludiques tournent en majorité autour des animaux, qu'ils pêchent ou qu'ils vont chercher dans des trous d'eau au milieu des rochers, comme les crabes. À la tombée du jour, les moutons descendent brouter les algues sur la grève et les jeux changent : les moutons font office de boucliers, d'obstacles ou de public involontaire. Ils sont d'ailleurs particulièrement bruyants. Il est frappant de constater que leurs bêlements sont assez similaires aux cris des enfants.

Une fois qu'on est couchées l'une contre l'autre dans le lit, je demande à Llinos :

« *Ydych chi erioed eisiau gadael yr ynys ?* » [Tu aimerais partir de l'île un jour ?]

Sans ouvrir les yeux, elle répond :

« *Na dwi ddim.* [Non.]

— *Fe allwn i ddysgu mwy o Saesneg i chi.* [Je pourrais t'apprendre plus d'anglais.]

— *Dwi ddim angen Saesneg yma.* [Je n'ai pas besoin de l'anglais.] »

Je tire un fétu de paille de son oreiller.

« *Dywed Joan fod yr ynys yn swynol.* [Joan dit que c'est charmant ici.]

— *Beth mae hynny'n ei olygu ?* [Qu'est-ce qu'elle veut dire ?] »

J'en arrache un autre.

« *Dydw i ddim yn gwybod. Rwy'n meddwl ei fod yn beth da.* » [Je ne sais pas. Je pense que c'est une bonne chose.]

Le lendemain, quand j'arrive à la chapelle, Joan me tend un morceau de papier. Je le déplie. Elle a peint un pigeon voyageur au centre de la feuille. Il est complètement différent de ce que j'imaginais. Si différent que ça me donne envie de pleurer.

Mam disait toujours qu'elle avait vu un esprit le jour où Llinos est née. C'était en hiver, il gelait à pierre fendre et la brume flottait comme une voile. Elle était à la maison, en train de pétrir de la pâte. Elle avait senti son estomac se contracter, elle s'était pliée en deux et avait posé le front sur les dalles pour le rafraîchir. Elle ne se souvenait pas au bout de combien de temps elle s'était relevée, mais sa jupe était mouillée et elle avait de la fièvre. Elle avait collé son visage à la vitre. La fenêtre donne sur un chemin de terre qui descend à la plage, qu'elle voyait en partie. À cet endroit, elle n'est pas sablonneuse comme les autres criques de l'île, mais couverte de rochers noirs tapissés d'herbes glissantes.

Elle avait vu un rocher se fendre en deux et quelque chose en sortir. Une forme allongée, jaune comme l'intérieur d'un œuf, qui s'était transformée en fille.

*

Quelque temps après la naissance de Llinos, Mam est devenue toute petite et maigre. Elle ne se risquait plus au-delà de la cour, sauf le dimanche pour aller à la chapelle, où elle haletait sur le banc sans bouger. Elle était presque tout le temps au lit. Elle dormait ou elle gardait les yeux ouverts, immobiles. Parfois, elle entrait dans la cuisine, venait à côté de nous quelques minutes sans rien dire et retournait se coucher.

Un jour, on l'a emmenée chez le docteur sur le continent. Llinos avait un an et moi sept. La mer était sombre, il y avait du clapot. Tad ramait et je m'étais assise derrière lui en lui tournant le dos pour voir arriver les maisons rouge et blanc sur la côte. Je me souviens que je n'avais rien vu sous l'eau alors que Llinos jure qu'une anguille avait léché le flanc du canot.

Mam était restée une heure dans le cabinet du docteur. Tad attendait dehors avec nous. Les gens me regardaient fixement. Un homme avait dit que je ressemblais à la reine Victoria. Une dame assise à côté de nous nous avait offert un grain de raisin vert à chacune. Tad les avait pris pour nous en la remerciant, mais il les avait cachés dans sa poche car il ne savait pas trop ce que c'était. Mam était ressortie avec un petit flacon de pilules roses.

Comme Tad avait manqué une journée de pêche pour la conduire, on avait mangé des conserves au dîner : des fruits au sirop, du corned-beef sec, du pain rassis. À la fin du repas, Mam avait posé son couteau et sa fourchette de chaque côté de son assiette et elle avait dit que, en prenant le flacon, elle avait eu une vision : l'ange Gabriel était venu vers elle, il avait ouvert son dos en deux avec son épée et deux ailes en étaient sorties. Elle avait ajouté :

« *Ac felly yr wyf yn gadwedig. Yr wyf yn gadwedig.* » [Et donc, je suis sauvée. Je suis sauvée.]

Novembre

Nous avons déploré la mort de la baleine, les premiers signes de pourrissement du corps. Quelqu'un a apporté des fleurs et a étalé un manteau sur son dos ; il était tellement petit qu'il paraissait comique, on aurait dit un tablier de poupée. L'odeur empirait et nous piquait les yeux. Un nuage de mouettes planait au-dessus de la plage. Quand elles s'approchaient des maisons, bedonnantes et sûres d'elles, elles piaillaient comme des enfants. La nuit, le bruit des macareux qui migrent tardivement sortant de leurs terriers sur la colline. Un soir, Llinos en a vu un par la fenêtre ; son corps était presque blanc devant les buissons. La baleine était grêlée de petits trous. Deux de ses côtes ont commencé à apparaître.

Tad m'a apporté des gants en caoutchouc pour protéger mes mains pendant que je trie les homards qu'il a pris. C'est sa dernière prise avant l'hiver. La lampe éclaire de moins en moins, puis elle fume avec une toute petite flamme orange. Il dit :

« On a besoin de pétrole.

— Je vais me renseigner. »

Les doigts des gants sont raides et blanchis par quelque chose qui a mis du temps à sécher.

Je pèse chaque homard, je note son poids et Tad m'indique quel prix inscrire à côté. Il vide des roussettes qu'il a commencé à pêcher en plus des homards. On n'en parle pas. Joan m'a dit que la peau des roussettes servait à poncer les violons. La chair est dure, désagréable au goût. Assise à côté de nous, Llinos observe Tad attentivement. De temps en temps, elle prend une arête dans le seau et l'examine à la lumière faible. Sans lever la tête, Tad me demande :

« Il te plaît, ton travail ? »

Il tire vers lui un autre panier de roussettes, en prend une qui se débat, lui donne un coup sur la tête. Un liquide sombre éclabousse le genou de son pantalon. Il enfonce son couteau dans le corps, arrache le cœur et le jette sur le côté pour qu'Elis l'attrape. Je suis impressionnée : il n'a jamais vidé de roussette et, pourtant, il sait comment faire.

« Et le tien, il te plaît ?

— Pourquoi tu veux savoir ?

— Par curiosité. Tu as le coup de main pour les roussettes. »

Cette fois, il se tourne vers moi.

« J'ai vu une bagarre en rentrant du continent. J'étais sur les docks, il y avait une foule autour de deux gars qui se battaient. Des vieux de mon âge. J'en ai reconnu un, que je voyais au marché avant. Le type à côté de moi prenait les paris et m'a demandé si je voulais miser. J'ai dû le regarder bizarrement parce qu'il a pris la mouche. "C'est un travail honnête", il a dit. Travail honnête… C'est pas bon signe, non ? C'est qu'ils n'ont pas de poisson à vendre. S'ils font ça. »

La pluie qui frappe à la vitre nous fait sursauter. Je donne les restes à Elis, qui renverse un casier. La trappe s'ouvre avec un bruit de ferraille. Tad crie :

« Ne le laisse pas s'échapper ! »

À moitié étourdi, le homard agite ses antennes paresseusement sur le plancher. Je le retourne sur le dos pour ne pas me faire pincer.

La graisse de la baleine a été presque entièrement grignotée par les oiseaux et les petits poissons dans l'eau. Sur ce qu'il reste de peau, on voit des trous et de grandes balafres. Jusqu'à maintenant, les enfants se racontaient que son corps était un sous-marin échoué ; ils ramassaient du bois flotté pour en faire des armes et combattre les traîtres qu'ils imaginaient à l'intérieur. Depuis que l'épaisse peau noire s'est rétractée sur les os, le jeu a perdu de son attrait.

Ils ont apporté des fleurs et des graminées, les ont étalées autour de la baleine en se couvrant le nez avec leur coude replié à cause de l'odeur. Ils ont défié Cadoc d'aller les poser sur la tête caverneuse, mais quand il l'a fait, il a entendu crier, il a sursauté et les fleurs ont atterri plus bas, sur le nez de la baleine. Ils se sont presque tous enfuis en riant, sauf Llinos, qui a ramassé les fleurs et les a remontées là où elles étaient supposées être. Au fil des jours, la baleine a pâli, sa peau s'est racornie, a commencé à se détacher du corps, comme si elle disparaissait dans la lumière du changement de saison.

Joan a mis du rouge sur ses lèvres et du rose vif sur ses joues. Elle se baisse pour entrer dans la maison. Elle dit qu'elle aime ma tenue, une robe longue en velours avec un gros nœud en bas du dos.

« Tournez-vous... Vous ressemblez à un personnage de Dickens. Ou à une belle héroïne de cinéma. »

Je la remercie. Dans son dos, Tad lève les yeux au ciel et articule en silence « PÉTROLE ». C'est le seul moyen que j'ai trouvé pour le convaincre de les inviter à dîner tous les deux.

Edward me tend une bouteille de whiskey qu'ils ont apportée.

« En effet, vous êtes très jolie, Manod. »

Je lui fais signe de se taire. Le compliment de Joan m'a fait tellement plaisir. J'en avais assez qu'elle me voie toujours les cheveux mouillés, collés sur la tête, la peau sèche, marbrée de rouge, la jupe pleine de terre et de sable après nos promenades.

*

Elle pousse des cris de petite fille quand je sors le plat de homard. J'ai écrasé la chair avec des flocons d'avoine pour obtenir une pâte, j'ai ajouté des plantes parfumées des falaises et j'ai fait cuire des pommes de terre à part. J'ai aussi pris du beurre des chèvres de Leah et, sans le faire exprès, j'en ai mis des tonnes.

« Nous ne mangeons que du corned-beef et de minuscules pommes de terre, dit Joan.

— C'est ce qu'on a d'habitude », répond Tad d'une voix plate.

J'ajoute :

« En hiver.

— C'est formidable. Le meilleur plat que j'aie jamais goûté. »

Je lui demande si elle cuisine chez elle. Elle glousse.

« Non, non. Nous avions du personnel pour cela. Des filles vraiment bien. Qui tombaient toutes enceintes. »

Elle se tourne vers mon père.

« Vous devez être fier de Manod. Elle est très intelligente. »

Edward ajoute :

« Et une excellente chanteuse. »

Tad montre une de mes broderies, qu'il a accrochée au mur. Une plage, un cheval, une charrette. Une femme emmitouflée dans ses vêtements d'hiver, un casier à homards à ses pieds.

« Formidable », dit Edward.

Je tressaille et un morceau de carapace se coince entre mes dents. Je vois que tout le monde me regarde et mes joues deviennent brûlantes. Je change de sujet.

« Tad, Joan aime beaucoup l'île.

— Oh, oui, confirme-t-elle. Elle est magnifique. J'aime la nature ici. Manod m'a montré les fleurs.

J'adore vous regarder partir en mer et revenir. Un mode de vie formidable.

— Pas facile.

— Pas facile, mais il en vaut la peine. Honnête. C'est ainsi que les humains sont censés vivre. En harmonie avec la nature. »

Edward tousse. Nos regards se croisent par-dessus la table. Je n'arrive pas à lire son expression. Joan continue.

« Je le tiens de mon père. Mon amour de la nature. Il adorait les arbres. Il entretenait des vergers et des forêts sur une grande partie de la propriété de ma famille. Dans la cour, il y avait en permanence une armée de baliveaux en pots. Il était dehors presque toute la semaine avec ses jumelles et revenait crotté, avec une liste d'oiseaux longue comme le bras. Il vendait son bois à l'armée mais replantait toujours des arbres. N'est-ce pas remarquable ? Personne d'autre ne le faisait, vous savez. Il avait vraiment compris la nécessité de préserver les espaces boisés, le paysage anglais. Dites-moi… » Elle tapote l'assiette de Tad avec son couteau. « Cela ne vous fait pas mal au cœur de manger ce homard ? »

Je retiens mon souffle. Tad ne répond pas. Je lève les yeux vers Joan, qui me sourit. Elle a du rouge à lèvres sur les dents et je lui fais signe de l'essuyer. Elle les tamponne avec sa serviette en laissant une tache rose.

« Pas si c'est ça ou du corned-beef, j'imagine », répond Edward en souriant.

Tad retire son dentier et le pose à côté de lui sur la table. Il le gêne pendant les repas. Il l'a gardé par politesse, parce qu'on le comprend mal s'il ne l'a pas. Cela signifie qu'il ne parlera plus, sauf si c'est nécessaire. Joan scrute l'appareil comme si elle avait peur qu'il lui saute dessus. Elle reprend :

« J'ai parlé de l'île à des amis. À propos de la baleine. Ils récupèrent du matériel pour l'armée. La graisse pour fabriquer de l'huile de baleine. Est-ce que ce ne serait pas intéressant que son corps ne se perde pas ? »

Personne ne répond. Edward brise le silence.

« Si on buvait ? »

Je sers tout le monde. L'alcool aigre me brûle la gorge. Sans que je sache pourquoi, je suis contrariée. L'idée qu'on emporte la baleine. Je mange le pain au milieu de la table jusqu'à ce que mon estomac soit barbouillé, jusqu'à ce que les lumières dansent devant mes yeux et me donnent le tournis.

*

Dès que la pluie s'arrête, je raccompagne Joan et Edward à leur logement. Pendant qu'ils enfilaient leurs manteaux, Tad m'a chuchoté : « Pétrole. »

De nuit, la chapelle ressemble à une apparition avec le ciel gris qui se reflète dans ses fenêtres. Une rangée de ronds verts flotte à la lisière du champ voisin : les yeux des vaches qui se sont regroupées là. Edward entre pour allumer le feu. Joan reste à la porte, adossée au mur de pierre.

« Pour être franche... » Elle mange un peu ses mots. J'aperçois un petit plombage argenté au fond de sa bouche. « Pour être franche, je me reconnais beaucoup en vous. Vous êtes très intelligente et être une femme intelligente… n'est pas toujours facile. »

Elle penche la tête sur le côté en attendant que je parle. Je ne sais pas trop ce qu'elle voudrait que je dise et j'ai l'impression de voir flou.

« Mon père est mort peu après mon entrée à l'université. Cela ne se fait pas que les femmes étudient et travaillent, mais il y tenait. Il m'a toujours payé les meilleures écoles. Puis il est mort. Ce que je fais, je le lui dois. »

Une vache meugle. Je crois voir son souffle, son oreille fauve. Je réponds à voix basse :

« J'aimerais tellement étudier. Comme vous.

— Vous pouvez, croyez-moi. Vous devez. »

Je me vois soudain dans une pièce calme remplie de lumière. De petits bibelots sur le manteau de la cheminée. Un espace pour Llinos.

« Je sais que vous avez perdu votre mère. Une femme m'en a parlé. »

Elle prend ma main dans les siennes. Elles sont moites et froides.

« Elle m'a dit qu'elle était tombée à l'eau. »

Je retire mes mains et je réponds :

« Nous avons besoin de pétrole. Vous en avez en réserve ? »

Elle rentre et ressort au bout d'une minute avec un bidon carré rouge. Elle aimerait discuter encore, mais je m'en vais rapidement. Dès que je suis hors de sa vue, je songe à vider le bidon, regarder son contenu couler sur les rochers. Je le serre contre moi et, à la place, je compte les larmes sur ma joue, chaudes et silencieuses.

Je me réveille à l'aube, la bouche sèche. Je sors en titubant jusqu'aux toilettes et je vomis. Quand je rentre, Tad se prépare à aller aux bateaux. Elis est à ses pieds, inquiet. Le soleil projette sur le mur des carrés orange qui me redonnent mal au cœur. Je regarde dans la glace mes yeux bouffis, les ombres en demi-lune dessous. Je me revois retirant mes mains de celles de Joan et je pousse un grognement. Ma mauvaise conscience creuse un nid dans mon estomac.

Edward m'invite à venir chanter presque chaque jour. J'arrive une heure avant Joan et il m'attend avec du café et du lait.

Il a préparé des partitions sur le bureau, mais il doit d'abord les fredonner car je ne sais pas lire la musique. Il dit beaucoup de choses sur la musique que je ne comprends pas : les clés, les instruments, des airs que je n'ai jamais entendus. Je répète la mélodie après lui et il l'enregistre. J'y vais même s'il pleut et que j'arrive trempée, le nez bouché, en frissonnant. J'aime l'air pensif qu'il a en me regardant, sa façon de hocher la tête, de croiser les mains sur ses genoux. Parfois, il ferme les yeux pendant que je chante et je le ressens partout en moi. J'ai l'impression de sortir de mon corps – ce corps fait pour cultiver, pêcher, porter les enfants d'un fermier-pêcheur – et de flotter au plafond.

Ce jour-là, je chante alors que j'ai mal à la gorge et que je n'arrive pas à ouvrir les yeux à cause de la lumière du soleil.

Petit oiseau, petit oiseau,
Où étais-tu ?
Petit oiseau, petit oiseau,

Où t'en vas-tu ?
Reste près de moi
Sur la colline, sur le chemin
Reste à mes pieds,
Petit oiseau, petit oiseau…

Il me fait signe de m'interrompre.

« C'est bien, c'est bien. Nous nous sentons tous les deux un peu faibles. »

Je m'assieds pendant qu'il fait ralentir le disque jusqu'à ce qu'il s'arrête. Il le retire de l'appareil. Il se fait envoyer des journaux du continent, qu'il récupère chez le révérend Jones. Le plus souvent, il me laisse les regarder. Ils sont étalés sur la table. J'en prends un au hasard et je tourne les grandes feuilles.

« J'ai bien aimé votre broderie. Sur le mur. Vous en avez d'autres ?

— Oui.

— J'aimerais les voir.

— D'accord. »

Je me remets à lire. Il est question d'une femme qu'on recherche sur le continent. Elle mesure 1,80 m et elle est plus âgée que moi. Sa mère a déclaré sa disparition. Apparemment, sa fille lui avait dit qu'elle voulait voir le quartier de West End à Londres. Profiter de la vie. Je sens qu'Edward me regarde.

« Vous redoutez qu'il y ait une guerre ? »

Dans ses lunettes, je vois le reflet de la fenêtre et la scène dehors, de grandes taches vertes sur ses yeux et son front.

« Vous lisez cet article depuis un moment. »

Sur la page en face, il y a un reportage sur des enfants juifs qui n'ont plus le droit d'aller à l'école en Allemagne.

« Je ne sais pas. » Ce n'est pas un mensonge. « Je devrais ?

— Elle ne viendrait sans doute pas jusqu'ici.

— Pendant la dernière guerre, tous les hommes ont dû quitter l'île pour combattre. Les femmes sont restées seules ; elles ont cultivé la terre et pêché. »

Il rit.

« Comme à Lesbos. Plutôt idyllique.

— J'espère que, d'ici là, je serai partie depuis longtemps. »

Il enlève ses lunettes et les essuie avec la manche de son pull-over.

« J'avais sept ans quand elle a éclaté. Mon père était trop vieux pour aller au front, mais mon oncle y a été envoyé. Le frère jumeau de ma mère. Il est revenu très différent, la moitié du nez en moins. Je ne sais pas pourquoi je vous dis cela.

— On parlait de la guerre.

— Oui, c'est vrai.

— Qu'est-ce que vous chantiez à la maîtrise ?

— Essentiellement des cantiques. Seulement dans ma faculté. J'adorais "Awake, Glad Soul". Vous le connaissez ? »

Dehors, la lumière a jauni. Je me rends compte que les oiseaux se sont tus. Edward tousse et vient s'asseoir à côté de moi. Il entonne à voix basse un chant qui parle du Christ et du printemps. Sa main est à côté de la mienne ; elle ne la touche pas, mais elle est très proche. Je sens son haleine, l'odeur de sa lessive.

Je pense à lui en train de chanter à l'université, à la femme qui voulait profiter de la vie. Il me raconte qu'il a grandi dans un presbytère à la campagne. Son père croyait que tous les oiseaux étaient sacrés. Je ris. Derrière nous, la porte s'ouvre. Joan entre. Il retire sa main brusquement.

La pêche, sur l'île, tourne principalement autour du homard, ce qui ne manque pas de charme. Sur toutes les plages, il y a de petits hangars à bateaux, appelés storws, *remplis de toutes sortes de casiers, de flotteurs en verre et en bois, de gants à l'odeur putride, de seaux pour les appâts.*

Les pêcheurs disent qu'une femme à bord porte malheur, au même titre qu'un lièvre égaré ou un cadavre. Malgré tout, après avoir insisté un peu, j'ai été autorisée à les accompagner pour un relevage de nuit, un soir où la température était plus douce et la mer calme.

C'est un savoir-faire extraordinaire : les pièges sont posés derrière le phare, de sorte qu'une fois immergés ils sont dans l'obscurité complète. On n'entend que les clapotis de l'eau et les raclements de gorge des hommes. Ils repèrent leurs flotteurs et soulèvent les casiers à l'aveugle, comme dans un rêve. Leurs gestes, extrêmement gracieux et précis, ressemblent à un ballet. Ils entassent les nasses puantes derrière eux en piles bien nettes.

En les observant, le souvenir m'est revenu de mon frère qui apprenait à vider et recharger un fusil les yeux bandés. La force et la débrouillardise de nos compatriotes aux quatre coins des îles Britanniques.

Au fil des jours, des inscriptions sont apparues sur le corps de la baleine. Elles s'enfoncent profondément dans la peau qui ne peut plus cicatriser et laissent des marques claires.

Jacob, ici.

Un cœur.

Trois pénis.

Les initiales de six personnes : H. S. & C. G., L. E. & F. J., G. B. & E. S.

Un creux anormal, l'empreinte d'un petit pouce.

L'île est poudrée de gelée blanche. Les vagues se retournent sur elles-mêmes. Le vent écrase l'herbe. Les falaises sont envahies d'oiseaux au plumage d'hiver ébouriffé ; leurs yeux noirs lancent des regards furtifs.

Edward nous apporte les journaux qu'il a reçus la semaine dernière pour que Tad les lise. *Pas de nouvelle crise pour l'instant*, annonce l'un des gros titres.

Tad m'a demandé d'expliquer à Llinos comment s'occuper de la maison pour qu'elle reste à l'intérieur. Elle a fait semblant de ne pas écouter mes instructions. Elle s'est assise par terre, a étalé de petits cailloux et les a ramassés dans une main en disant : « *Dwi'n psygod.* » [Je pêche.]

Plus tard, j'ai trouvé la porte entrebâillée et des traces de pas dehors. Elle était accroupie au milieu des galets à environ un kilomètre, la tête penchée en avant, sa robe gonflée par le vent. Elle ramassait des palourdes, les nettoyait en les frottant sur son col avant de les jeter dans un seau à côté d'elle.

« Regarde, Manod. Tu as vu comme elles viennent près de chez nous ? »

Ce soir, Tad a rapporté sa plus grosse pêche de la saison : un banc de grandes roussettes qui lui ont carrément sauté dans les bras, à ce qu'il a raconté. Il en a tellement attrapé qu'un autre pêcheur, Dai, a dû l'aider à les remonter. Quand il a franchi le seuil, Dai a dit : « La gamine n'était pas là. Si elle est sur la plage, on ne prend rien. »

Joan et moi continuons nos promenades. On a entendu à nouveau les courlis et je l'emmène les voir. Je lui montre les trous dans les rochers où on ramassera les œufs des oiseaux de mer au printemps. Elle a mis du rouge à lèvres orangé comme le ventre des crabes. Il lui fait des dents jaunâtres et il a bavé sur le côté gauche. Sur le chemin du retour, je lui dis :

« J'aime bien votre rouge à lèvres. »

Elle semble surprise d'en avoir encore.

« Oh, merci. J'en mets toujours chez moi. Ici, c'est bizarre, mais je suppose que j'y suis habituée, en fait.

— Les femmes en ont toutes en Angleterre ?

— Pas toutes, non, mais beaucoup. À l'université, c'est assez mal vu, mais en ville, pour aller danser, oui, toutes. »

Nous regardons un vol de fous de Bassan tomber en piqué du haut des falaises. Je lui raconte une histoire qui s'est passée l'an dernier. Le niveau de l'eau avait baissé, mais ils ne s'en étaient pas rendu compte. Ils avaient plongé à une telle vitesse qu'ils s'étaient presque tous brisé le cou. On en a repêché pendant des mois. Elle répond : « Il faudra que je le mette dans le livre », ce qui me fait très plaisir.

Au bord du rivage, les nuages ont pris une teinte gris foncé. Sur le grand plan d'eau au pied des falaises, les bateaux arrivent.

« Je pense qu'une tempête se prépare, nous devrions rentrer. »

Elle regarde autour d'elle.

« Comment le savez-vous ? La mer est calme. »

J'entends un courlis tourner dans l'herbe derrière nous.

« Certaines personnes âgées croient que les courlis crient avant une tempête. C'est le signe que quelqu'un va mourir en mer. »

Elle inspecte l'herbe.

« Sans doute une variation de la pression atmosphérique qui provoque ces appels. Un changement sur leur territoire. Vous ne croyez pas ? »

Je ne réponds pas. Mes conversations avec elle se déroulent souvent ainsi : je lui raconte quelque chose qu'elle ne connaît pas et elle me contredit.

*

En arrivant à son logement, elle me demande de l'attendre dehors un instant. Je sens les premières gouttes de pluie, qui creusent de petits cratères en tombant sur le sol sablonneux. Elle entrouvre la porte et me tend un objet enveloppé dans du papier.

« J'aime beaucoup nos promenades. »

Je la remercie. Elle me fait au revoir de la main.

Je le déballe en marchant. Un tube de rouge à lèvres bleu roi avec des lignes dorées autour du bouchon. Une fois à la maison, je m'en passe sur les lèvres. C'est la couleur orange crabe. Je me regarde dans la glace. J'aime bien l'air qu'il me donne. J'en mets un peu à Llinos, mais je suis obligée de détourner la tête tellement elle ressemble à notre mère.

Dimanche, le vent rugissait autour de la chapelle. À l'intérieur, ça sentait la laine mouillée ; l'eau qui coulait du toit brillait sur les murs. Joan, devant l'autel, répondait aux questions sur le projet.

« Nous pensons qu'il y a une immense sagesse chez les gens qui vivent de la terre. Les gens ordinaires, qui travaillent. Nous traversons une période difficile, vous le savez tous. Difficile économiquement, socialement. Nous croyons qu'un retour à la terre est nécessaire, un retour à un certain mode de vie. Cela vous paraîtra peut-être étrange, mais nous tenons vraiment à préserver votre savoir. »

Je n'avais jamais vu son visage aussi rouge, parce qu'elle luttait contre le froid ou que prendre la parole la rendait anxieuse.

Edward m'a regardée en haussant les sourcils. Sa réaction m'a fait sourire. Il s'est levé, a touché l'épaule de Joan. Elle a sursauté et s'est rassise.

« Nous voulons enregistrer vos chansons et vos histoires, rien de plus. »

Joan a ajouté avec de grands gestes :

« Préserver l'identité britannique. L'île. L'île !

— Nous sommes reconnaissants de votre coopération. »

J'ai entendu une voix dans mon dos. Marc, un pêcheur de harengs assis derrière nous, s'est penché vers mon père.

« C'est lui, l'Anglais ? Écoute, tu sais pas ce que j'ai vu aujourd'hui ? Un *toili*[1] qui descendait des falaises. »

La femme qui était devant moi s'est retournée et leur a dit de se taire. Marc a continué.

« Sûr que je l'ai vu. Sur la colline, qu'il était. Je me suis écarté pour le laisser passer, mais bien sûr il est pas allé plus loin que le virage. »

Tad a à peine tourné la tête.

« Il n'y a pas de *toili* sur l'île. Tout ça, c'est des superstitions qui viennent du continent.

— Je te dis ce que j'ai vu. Les hommes habillés en noir, je les ai vus. Des visages gris, sans traits. Pas de pieds, des jambes qui marchaient sur rien. Le long des collines. Et plein de fleurs blanches dans l'herbe tout à coup. »

La femme a secoué la tête comme pour faire sortir une mouche de son oreille. Le révérend Jones a regardé dans notre direction.

« Vous voulez ajouter quelque chose ? »

J'ai senti que je rougissais. Tad s'est levé.

« Continuez, révérend. Mes excuses. »

La femme a lancé :

« Marc dit qu'il a vu un *toili* quand l'Anglais est arrivé. »

---

1. Cortège funèbre de fantômes dans les contes populaires gallois. *(Toutes les notes sont de la traductrice.)*

Elle portait une coiffe blanche ; le tissu était givré de jaune là où il touchait sa peau.

Le révérend a poussé un soupir.

« Comme nous l'avons dit, l'Anglais *et la femme* ont un nom. »

Debout sur l'estrade de l'autel, il était plus grand qu'Edward. Il a posé la main sur son épaule.

« Et on ne parle pas de *toili* dans la maison de Dieu. »

J'ai regardé Joan. Je me sentais obligée de m'excuser. Elle notait tout dans son petit livre, le visage rayonnant.

Une tempête est arrivée. Nuages noirs, chants d'oiseaux assourdissants, puis le silence. Les pièces se sont remplies d'une nouvelle ombre, les araignées se sont réfugiées dans la maison. Le matin, Llinos et moi, on s'assied au pied du lit et on prie, les mains à plat sur le matelas. Tad enfile ses grandes bottes en caoutchouc et rejoint les autres hommes pour aider à faire marcher le phare. Je déteste ces bottes qui l'entraîneront au fond s'il tombe à l'eau. Il rentre tout rouge, les mains en sang ; je les trempe dans l'eau et je noue ses lacets. Le vent encercle la maison.

Une nuit, les vagues ont emporté deux moutons qui s'étaient éloignés de leur abri. Certains bateaux ne sont pas rentrés. Les femmes ont défilé l'une après l'autre au phare pour écouter les gardes-côtes à la radio. Leur haleine déposait de la buée sur les fenêtres.

Llinos laisse toujours sur le rebord de sa fenêtre une rangée de pommes de pin qu'elle examine chaque matin. Elle s'assied à côté d'Elis pour dépiauter les écailles extérieures et lui annonce que le temps sera sec ; si elles sont dures et serrées, elle dit qu'il va pleuvoir. Parfois, elles sont dures et cassantes ; dans ce cas, elle soulève doucement l'oreille d'Elis, murmure qu'elle n'est pas sûre et la laisse retomber.

Le matin, les vitres sont couvertes de brouillard. Je dessine dessus des poissons, des phoques, de petits visages. Lorsque la pluie tombe fort, je suis coincée à l'intérieur. Je cours dehors pour remplir des pots de terre et je sème des haricots en pensant qu'on en aura peut-être besoin au printemps. Quand les pousses blanches apparaissent, je me souviens des jours où Mam restait dans sa chambre, allongée dans le noir, recroquevillée et toute pâle.

À l'approche de l'hiver, les îliens continuent à sortir en mer dans des conditions périlleuses. Notre hôte nous apprend que, la semaine dernière, un jeune marin du continent, embarqué sur un robuste crabier, est passé par-dessus bord et a été porté disparu. Les pêcheurs se souviennent avoir vu l'embarcation sur l'eau, ses voiles cachou et son rouf peint.

Le corps du jeune homme a été retrouvé dans une crique de l'île juste avant une nuit agitée. Il a été identifié grâce à une tache de naissance sur l'épaule. Comme les bateaux ne sortent pas et qu'il est à moitié décomposé, il sera inhumé sur l'île. Le cimetière est rempli de ce genre de tombes.

SJCEG Disque 7

Toi qui viens d'un pays lointain,
Tu seras enseveli avec nos morts,
Tu seras enseveli par notre prêtre.
Tu pourras dire que notre terre est aussi la tienne.
Le jour où nos morts reviendront, tu seras avec eux.

Recueilli le 02/11/1938 auprès de W. Rhys (né en 1901), résidant à Y Ty Bryn (« la maison de la colline »). Chanson folklorique.

Un agneau s'est perdu dans la lande au-delà des falaises. On l'a cherché toute la nuit, fouettés par des rideaux de pluie, presque balayés par le vent sur la crête dans le noir. Merionn tenait la mère au bout d'une corde pour qu'il repère sa voix et on suivait tous derrière, avec nos lampes qui brûlaient le peu de pétrole qui nous reste. Sur la colline, une femme s'est tournée vers moi. « Il y en a parmi nous qui ont rêvé. De la baleine et d'une femme qui sortait de l'eau. Tu as fait ce genre de rêves ? Ça doit pas être bon signe. »

Une autre s'est approchée. « On se demandait, à propos de Lukasz, au phare. Pourquoi il nous a pas prévenus. Peut-être parce qu'il n'est pas d'ici. »

Elles se sont mises à parler d'Olwen et j'ai tendu l'oreille. La mer était mauvaise et le bruit me brisait les oreilles. Son bébé est mort juste avant la tempête, peu après l'aube. Trop tard pour faire venir un médecin. Malgré la pluie, son mari est allé au phare envoyer un message au garde-côte par le télégraphe sans fil. Le garde-côte a appelé le continent et l'autorisation a été accordée que l'enfant soit inhumé sans qu'il y ait d'enquête. Une butte de terre recouverte d'un cercle de coquillages derrière la chapelle marquera l'emplacement.

On a trouvé l'agneau blotti au milieu de racines d'arbres, tout tremblant. La femme de Dai l'a porté jusque chez eux comme un bébé. Certains ont dit qu'il avait dormi dans leur lit, qu'ils avaient laissé une lampe à pétrole allumée dans l'étable. Pendant plusieurs jours, nos habits ont été ébouriffés de bouclettes de laine blanche parce qu'on s'était frottés aux moutons pour avancer.

*

Une des femmes s'était tournée vers moi et m'avait questionnée sur Edward et Joan. Joan avait débarqué chez elle un jour pour la regarder faire du beurre et lui avait raconté de drôles de choses sur la protection de la terre. La femme avait ajouté : « Je lui ai donné une noix de beurre et je lui ai dit qu'elle pouvait revenir en faire quand elle voulait. »

Celles qui nous entouraient avaient ri en l'entendant.

Edward arrive trempé jusqu'aux os. Je le fais entrer et s'asseoir près du feu. Il dit qu'il aimerait voir mes broderies.

Je sors celles dont je suis le plus fière : une fête de Noël avec tout le monde en train de manger à une grande table ; un gros poisson sur une assiette, où j'ai cousu de petites perles ; de petits bateaux blancs sur l'eau.

Je lui montre aussi celle sur laquelle je travaille. Elle est plus grande que les autres. J'ai brodé la forme d'une chapelle et, à côté, au niveau du sol, un enterrement. Tous les gens en noir et des fleurs blanches sortant de terre autour. Dessous, le cercueil qu'on descend et des squelettes qui marchent en bas du tissu, remontent en flottant dans la chapelle, passent à travers le toit et se transforment en goélands gris.

« Je pensais l'appliquer sur un couvre-lit en patchwork.

— Un peu morbide, non ? »

Il les emporte. Joan veut les voir et ils aimeraient rédiger des notes à leur sujet pour le livre. Il dit qu'il n'a pas apporté son appareil à cause de la pluie.

SJCEG Disque 11

Il était une fois une mère qui vivait sur l'île avec ses trois filles. Toutes les trois étaient charmantes : la première était belle, la deuxième gentille, la troisième extrêmement intelligente. La mer est devenue jalouse d'elles et les a rendues folles au point qu'elles ont plongé dans les flots un jour qu'elles marchaient sur les falaises. La femme a attendu que la mer lui rende ses filles et priait tous les jours. Mais la mer ne pouvait les renvoyer que sous la forme de baleines, qui remontaient de temps à autre à la surface avant d'être à nouveau emportées.

Recueilli le 07/11/1938 auprès de R. Moore (pêcheur de crabes né en 1895), résidant à Y Bwthyn Pren (« la maison en bois »). Variante de conte folklorique.

La tempête est à peine arrivée qu'elle repart. À mon réveil, la chambre est baignée d'une lumière froide. Leah a sorti ses chèvres de leur abri ; je les entends qui s'appellent.

Dans la dépendance, Merionn serre son chapeau contre sa poitrine en racontant une longue histoire à propos d'une femme sur une falaise avalée par un serpent de mer et transformée en tempête. Je vois qu'il est nerveux, que le chapeau sert à empêcher sa main de trembler. Edward fronce les sourcils. Il tire sur la manche de ma robe.

« Pouvez-vous lui demander de le poser et de reprendre depuis le début ? »

Comme Merionn ne parle pas anglais, je traduis la question et il hoche la tête. Je transcris son récit, que Joan relit avec soin. Un oiseau volette sous le toit d'un côté à l'autre. Maintenant que la tempête est passée, j'ai pu mettre une de mes plus jolies robes, bleu foncé, avec des baleines sur le côté qui me rentrent dans les hanches et m'obligent à me tenir droite. Joan me rend la traduction. Instinctivement, je lisse mes cheveux. Quand Merionn a terminé, Edward lui demande de dire son nom et son métier.

« Merionn Davies. *Ffermer Dafydd.* »
J'ajoute :
« Éleveur de moutons.
— Demandez-lui s'il a les sources de son histoire.
— Qu'est-ce que vous voulez dire ?
— Est-ce qu'elle vient de quelque part ? Sans doute que non, mais demandez. Cela peut être une musique, un musicien particuliers, quelque chose dans ce genre. »
Merionn répond :
« Grand-père jouait de la harpe.
— Non, je veux dire… »
Edward secoue la tête et écrit une note.
Merionn part avant qu'on ait fini ; il sent l'humidité dans l'air et il veut mettre ses moutons au sec.
Je demande à Joan si c'est ennuyeux qu'il ne sache pas qui a écrit la chanson. En faisant non de la tête, elle répond que c'est exactement ce qu'ils cherchent.

Je parle dans le microphone : « Mon grand-père était chasseur de baleine. »

Edward m'a demandé de le tester, mais, quand je commence à parler, il me dit de continuer.

SJCEG Disque 16

Son bateau s'appelait le *Diana.*

Nous avons une photographie de mon grand-père mais nous ne savons pas qui l'a prise. Il est à la proue et il regarde la mer. On ne voit pas le bateau en entier mais il paraît gros. Mon grand-père est appuyé contre un cordage. Derrière lui, on aperçoit beaucoup de glace dans le paysage, des collines blanches et, dessous, une forme sombre qui soulève l'eau comme une crête.

Au cours de ce voyage, il était monté jusqu'au Groenland. Il avait été bloqué si longtemps par les glaces qu'à son retour il avait effrayé mon arrière-grand-mère, qui avait perdu l'espoir de le revoir sain et sauf. Elle l'avait pris pour un inconnu. Pire qu'un inconnu, c'est un fantôme qu'elle avait cru voir et elle lui avait jeté du sel dessus.

Recueilli le 10/11/1938 auprès de M. Llan (née en 1920), résidant à Y Bwthyn Rhosyn (« la maison aux roses »). Histoire familiale.

*

En même temps que je parle, je vois qu'Edward rédige une étiquette pour le disque. Plus tard, quand je transcris ma voix, il me demande :

« Que pensez-vous de Joan ? »

Il m'a donné un scone ; les raisins sont durs, difficiles à mâcher. Il dessine à côté de moi une vue de l'île depuis la fenêtre la plus proche. Je vois apparaître des maisons au loin, des silhouettes, des filets, des moutons. Au premier plan, une chapelle aux murs de pierre sèche couverts de mousse. Il hachure le ciel, les nuages foncés de l'hiver. Les longs coteaux d'herbe bien nette.

« Elle est très sympathique. »

Il tourne la tête vers moi. Je remarque une fenêtre dans le dessin, une femme debout qui regarde dehors.

« Vous savez qu'elle soutient Mosley ?

— Qui ça ? »

Il m'explique tout. Un mouvement politique sur le continent. La fierté avec laquelle elle parle des rassemblements auxquels elle a participé, des manifestations dans la rue. Que sa mère était suffragette, qu'elle-même est allée à Oxford. Qu'elle ne veut rien entendre si on lui dit qu'elle a tort.

« Ils lui ont farci la tête d'idées extravagantes.

— Quel genre d'idées ?

— Le fascisme, Manod. Des thèses dangereuses.

— Vous y croyez ?

— Non, non. Je ne suis pas très porté sur la politique. »

Il dessine derrière l'île une grande étendue de mer sombre avec de petites maisons de l'autre côté, sur le continent.

Il déchire la feuille de son carnet et me la tend.
« Vous pouvez le garder. »

*

À la maison, j'épingle le dessin au mur de mon côté du lit. Llinos rouspète en disant qu'il va nous tomber dessus quand on dormira. J'ai l'impression très forte qu'Edward est couché dans un lit pas loin de moi, avec les mêmes images de l'île dans la tête. Il me semble que je peux voir l'avenir, les souvenirs que je garderai après mon départ : les chemins bordés d'orties, les nuées d'oiseaux.

Llinos s'endort et se met à ronfler, bras écartés sur ma poitrine. Je lui souffle tout bas de bouger. Dehors, les oiseaux crient, trouvent leurs trous dans le noir. Je suis du doigt les motifs du dessin jusqu'à la femme à sa fenêtre.

Le vent a fini par tomber et nous avons pu effectuer la traversée. Tad a pris le bateau rouillé. La mer était grise, sale, couverte d'une affreuse écume jaune.

Je me suis mise à l'endroit où les femmes trient la pêche du matin et la chargent sur les bateaux pour la vendre. L'une d'elles, assise sur un tabouret, vide des sébastes qu'elle lance ensuite dans un plateau devant elle. Elle travaille vite, sans effort. Un liquide rose coule entre les lattes et forme une flaque de plus en plus grande. Elle lâche son couteau. Je me penche pour le ramasser, elle s'accroupit en même temps et heurte le manche avec le pied. Le couteau se retourne sur ma main. Je sens une douleur vive ; sur ma paume, je vois une petite entaille rouge vif. La femme fait un petit bruit avec sa langue.

Une voix au-dessus de ma tête.

« Vous devriez être plus prudente. »

Edward.

« C'était un accident. »

Il sort un mouchoir de sa poche et le presse sur ma main. La plaie ne saigne déjà plus mais je le laisse faire. Ma peau palpite contre la sienne. Dès qu'il soulève le tissu, l'air salé me pique jusqu'au coude.

« J'aurais cru que vous étiez habituée à vous blesser les mains.

— Pardon ?

— Vos broderies. Joan les aime beaucoup. Elle voudrait savoir si vous pouvez rédiger des vignettes pour elles.

— Bien sûr. »

On reste un moment sans parler. Tad, au bord de l'eau, a remarqué qu'on discutait. Il pose ses casiers et se dirige vers nous. Je dis à Edward :

« Vous vous laissez pousser la barbe.

— C'est moi, Robinson Crusoé. »

Il se tourne pour partir, soulève son chapeau. En passant devant moi, il pose la main dans mon dos. Tad arrive aussitôt après, le visage rempli de questions. Je lui dis :

« C'est pour le travail. »

Il secoue la tête, préoccupé. En faisant demi-tour, il se cogne dans la femme qui vide les poissons. Les sébastes se renversent sur le sable, se tortillent en cherchant l'air. Elle se jette à terre pour les rattraper. Les autres, autour, se moquent d'elle. J'essaie de l'aider à les ramasser mais elle me repousse.

La dernière fois que j'ai vu ma mère, on était assises à la table de la cuisine et on nettoyait des moules dans une jatte. C'était rare qu'elle sorte du lit à ce moment-là. Elle était entrée lentement dans la cuisine comme si elle surgissait du mur. On travaillait en silence. Je n'ai pas fait attention avec mon couteau et je me suis coupée à la jointure d'un doigt. Elle a pris ma main et l'a mise dans sa bouche jusqu'à ce qu'elle ne saigne plus. Quand je ferme les yeux et que j'essaie d'imaginer son visage, je vois seulement une coquille de moule qui s'ouvre doucement dans mes mains.

Les macareux se regroupent au bord des falaises ; ils partent enfin hiverner. Ils ont l'air ridicules quand ils marchent, on dirait des nains sur deux pattes. Ils me font penser aux histoires que racontent les personnes âgées : les fées au bord du chemin qui volent des pièces de monnaie.

Leah m'a apporté une robe à réparer.

« On est en novembre, plus que quelques semaines avant la Mari Lwyd[1]. Tu peux t'en occuper ? »

J'ai dit oui. La robe est en lainage vert à carreaux foncés et la moitié du bas est mangée par les mites. Elle m'a aussi demandé de venir chez elle l'aider à transformer un sac de laine brute en fil. J'ai répondu que je passerais un de ces jours.

Je couds de petites fleurs marron par-dessus les trous de la robe. Sur le vert, elles ne se voient pas trop, seulement si on regarde de près.

Elis attend Tad, assis à la porte. Il surveille les ombres qui passent dessous. Je l'appelle, j'essaie de le faire venir vers moi mais il m'ignore.

En retournant la robe pour coudre de l'autre côté, je suis distraite par des bruits devant la maison. Des voix, des pas précipités. Au moment où je me lève, Llinos ouvre la porte en grand et la referme. Je vais à la fenêtre. Deux garçons, Cadoc et Tomos, détalent comme des chats apeurés.

1. Procession traditionnelle à la période de Noël dans certaines parties du pays de Galles.

« Qu'est-ce que c'était ?
— Rien. Ils me couraient après, c'est tout. »

*

Plus tard, je la trouve en larmes dans la cuisine. De longs sanglots inconsolables. Je l'attire contre moi. L'un de ses squelettes d'animaux est étalé devant elle et elle a un os brisé dans la main. Elle pleure comme un bébé, le visage tout rouge, en hoquetant. L'os a la taille et la forme d'une aiguille.

« Je l'ai cassé. Il était bizarre et je l'ai cassé. »

Une fois qu'elle est calmée, on colle les os du squelette les uns aux autres en remplaçant celui qui est cassé. L'aiguille a un éclat argenté. Je n'en avais qu'une. La robe de Leah attendra.

Toute la nuit, je décris mes broderies pour Edward et Joan. Je dois expliquer en détail ce que chacune représente et comment je me suis procuré le fil. Ils les photographient avec d'autres objets : une courtepointe en patchwork que Leah a mis dix ans à terminer, la veste d'un pêcheur qui prétend qu'elle se transmet dans sa famille depuis deux siècles ; elle pue et ressemble à une vieille guenille.

Quand j'ai fini d'écrire sur l'étiquette, je dois la tremper dans l'eau et la coller au dos de la broderie. Edward m'a donné un papier spécial, qui reste en place une fois sec.

Je répète l'opération pour chacune. À la fin, j'ai mal aux doigts et la peau autour de mes ongles s'en va toute seule. Je tire dessus jusqu'à ce qu'elle soit rouge, comme malade. Je frotte mes mains sur ma robe et je vais me coucher.

Quand j'arrive, Joan et Edward sont déjà dans la chapelle, occupés à lire une pile de courrier. J'ai apporté mes broderies dans une valise en cuir. Joan a couvert ses cheveux d'un foulard en soie avec un motif rouge vif et vert. En posant mes ouvrages bien à plat l'un sur l'autre, je vois sur la table une lettre qui a l'air officielle, avec un tampon « NATIONAL SALVAGE COUNCIL » dessus. Je la montre à Joan.

« Ce sont vos amis ? Ceux dont vous parliez au dîner ? »

Elle la regarde par-dessus ses lunettes.

« Oui, ils devraient être là d'ici à quelques jours. Je leur ai dit de faire vite.

— Ils vont vraiment emporter la baleine ?

— Ils emporteront tout ce qu'ils pourront. »

Edward éclate de rire.

« Qu'y a-t-il ?

— Écoutez ça. C'est une lettre qui avait été envoyée au journal et qui est revenue. "J'ai 18 ans et je cherche à me marier. J'ai des cheveux, toutes mes dents, je suis baptiste. Je possède un taureau, deux génisses, cinq oies blanches." Attendez, attendez…

“Je suis très bon pour ramasser le goémon, la laitue de mer et les berniques en hiver.”

— Quel Casanova !

— C’est parce que l’hiver, ici, on ne pêche pas. Il n’y a pas de harengs, ni de homards. En plus, vous avez sûrement remarqué que c’est dangereux de prendre la mer en ce moment.

— Oui, oui, nous savons… » Ils échangent un regard. « C’est juste…

— Drôle, dit Edward. C’est simplement amusant.

— Je croyais que vous aimiez notre nourriture.

— Bien sûr, bien sûr. Nous plaisantons, Manod. C’est plutôt la façon d’écrire, qui est… vieillotte. »

J’aimerais demander pourquoi mais je ne trouve pas les mots. Leur ton me déplaît. Edward aspire l’air par le nez, sourit en secouant la tête. Les épaules de Joan tremblent comme si elle se retenait de tousser.

« Qui est-ce qui l’a envoyée ? »

Ce n’était pas la peine que je pose la question : le seul garçon de l’île qui a dix-huit ans, c’est Llew.

Je demande à prendre ma journée. Tad a besoin d’aide pour faire sécher ses poissons avant l’hiver et Llinos pour ses devoirs. Ils disent oui.

*

Les écoliers se passionnent pour la baleine. Llinos est censée la dessiner, mais elle a décidé de faire un masque. Avec une petite boîte de peintures que Rosslyn m’avait donnée, on mélange les couleurs en se rapprochant le plus possible de ce qu’on veut. Pour l’aider, je trace la forme, les grands traits, et aussi ses yeux et ses rides en toile d'araignée. Une fois qu'on a fini de la peindre, elle est beaucoup trop bleue. Dans la réalité, elle est gris foncé, comme un caillou. Je ne dis rien à Llinos et elle semble contente. Elle la prend pour aller la montrer à son copain Tomos ; je l'entends haleter d'excitation quand elle descend le chemin en courant.

Je descends sur le quai regarder les femmes remonter les poissons. Après la tempête, elles travaillent plus tard. Je vois Olwen, sur le côté, qui regarde ses mains. Je pense à mon voyage sur le continent, j'essaie de calculer combien de temps il me faudrait pour aller ailleurs, Paris ou Londres, et combien cela coûterait. J'entends les femmes parler de planter du blé dans un champ près du rivage. Un chat s'approche, attiré par l'odeur. Il saute sur mes genoux et je le laisse coller son ventre mouillé contre ma poitrine.

Edward est passé me voir en fin de journée. Il s'inquiétait que leurs remarques m'aient blessée. Je lui ai dit que non.

« Je ne voudrais pas que vous croyiez que j'ai une mauvaise opinion de vous, Manod.

— Je ne le crois pas.

— Vous voyez où je veux en venir ? »

Il s'est approché tout près de mon visage, puis il a reculé. En partant, il a ajouté :

« J'aime la robe blanche que vous portez. Elle me plaît beaucoup. »

*

Allongée, les yeux ouverts, j'écoute la pluie. Une pluie battante qui tombe à seaux. Le bruit de l'eau qui ruisselle du toit et goutte dans le puisard de la cour me rappelle quand Rosslyn habitait encore sur l'île et qu'on descendait dessiner sur la plage. Elle avait une petite boîte de peintures qu'elle avait eue pour Noël. On se penchait au-dessus des trous d'eau dans les rochers et on peignait ce qu'il y avait dedans : les anémones de mer écarlates, les verts, les rouges et les bruns des algues et des herbes. On restait assises si longtemps sans bouger que la mer commençait à faire des bruits. Des petites bêtes léchaient le bord de l'eau en lâchant des clacs, des éclaboussures, des chapelets de bulles. Je m'endors en y pensant, et, à mon réveil, mon oreiller est froid et un peu humide.

La semaine suivante, j'ai vu Edward toutes les nuits. J'attendais que Llinos soit endormie pour me glisser hors du lit.

Sur la colline, les moutons me regardaient marcher jusqu'à la chapelle. Une fois, j'ai cru voir une lumière dans une maison, une silhouette venir à la fenêtre. Personne ne vivait là. La mer murmurait, me laissait avancer dans le silence. Je pensais à une histoire que ma mère me racontait sur l'océan qui se transformait en pierre.

*

Le corps d'Edward est pâle, aussi noueux que celui d'un insecte. Comme il dort dans la même pièce que Joan, on se retrouve dans la dépendance de la chapelle. Il étale par terre une couverture en laine et deux oreillers rayés. Au clair de lune, notre peau est d'un gris terne. Il a des muscles minces et fermes, un ventre rebondi, avec des poils noirs qui dessinent des rayures au milieu. J'essaie de ne pas penser à l'allure que j'ai avec mes talons secs et sales, mes bras et mes jambes maigres.

*

Après, il se redresse sur ses coudes.

« Vous aimeriez beaucoup le continent. Je pense que vous vous y épanouiriez. »

C'est une conversation qu'on a souvent. Il me raconte sa vie, son petit appartement dans une maison mitoyenne, sa propriétaire qui cultive des rosiers jaunes. Ses amis, dont beaucoup sont artistes, et son frère, lui aussi chercheur. Presque chaque soir, je lui demande de me décrire ce qu'il mange là-bas : des glaces, du rôti de bœuf, des ris de veau.

« Je pourrais venir avec vous. Vous et Joan.

— J'ai un ami à Paris, qui fait des disques. J'aimerais lui faire écouter nos enregistrements.

— Je pensais aller à l'université.

— Vous pourriez faire ce que vous voulez. »

Il se tourne et m'embrasse en laissant courir doucement ses doigts sur mon épaule.

*

Il me montre la chambre noire qu'il a aménagée dans le bas-côté de la chapelle. Pour entrer, on doit passer sous un drap en grosse toile.

À l'intérieur, les photographies qu'il est en train de développer sont suspendues à un fil dans une alcôve. J'en vois une de mes broderies, une autre d'un groupe que je reconnais. Au dos, écrit au crayon : *Famille d'îliens en train de pique-niquer.* Aucun de ceux qui sont sur la photo n'est de la même famille. Et on ne mange pas dehors. Une photographie de

Cadoc : *Jeune habitant qui se forme au métier d'éleveur de moutons ou de pêcheur de requins-baleines.* Ses parents élèvent des vaches et je n'ai jamais entendu parler de requins-baleines.

Edward me fait signe d'avancer vers le fond pour me montrer une série de clichés qu'il a pris sur le continent. Une autre baleine s'est échouée quelque part là-bas. Elle est exposée sur le plateau d'un camion ; des fils de fer maintiennent sa tête droite et sa bouche ouverte. Son œil est fixé sur les spectateurs et il a beau être petit, il attrape la lumière comme une bille. Il y a une foule tout autour. Un homme sur la gauche est en train de rire, un autre allume une cigarette. Des dizaines de chapeaux. Une femme soulève son petit enfant au-dessus de sa tête. Sur le plateau, une jeune femme en maillot de bain clair avec un collier de perles tient un écriteau, et un bel homme montre un harpon à ses pieds. Dans la bouche de la baleine, il y a de longues franges qui ressemblent à de la soie.

Sur les autres images, la position des spectateurs et les écriteaux sont différents : « nageoire dorsale », « fanon », « mâchoire supérieure », « mâchoire inférieure ». Sur la dernière, on voit une remorque, à l'arrière du camion, avec « GOLIATH, LA GRANDE BALEINE » peint sur le côté.

Dans mon dos, Edward dit :

« J'étais plutôt déçu. La baleine, je pensais qu'elle serait bleue. En réalité, elle était d'un gris foncé très laid. »

Pendant que je touche les photos, il pose les mains sur mes hanches, les fait glisser sur mon ventre, puis entre mes jambes. Je pense à protester mais je cède assez vite. C'est bon d'être désirée par quelqu'un comme lui.

*

Il s'endort rapidement. J'écoute sa respiration ralentir au rythme de ses rêves. Je pense à la baleine qui a échoué ici et à celle des photographies ; je me demande si elles se sont déjà vues. Je les imagine nageant ensemble autour des continents dont sœur Mary nous parlait à l'école, s'entraînant dans les tunnels de la mer.

SJCEG Disque 16

Mon père raconte que, lorsqu'il était petit, il y avait une autre île rattachée à celle-ci. Il allait souvent y jouer avec ses copains. C'était un minuscule îlot – pas plus d'une dizaine de personnes pouvaient se tenir dessus – qui ne se découvrait qu'à marée basse. Mon père en a beaucoup de souvenirs : avec ses camarades, il regardait les oiseaux plonger et remonter avec des poissons ; parfois, il y avait des pieuvres sur le fond. Aujourd'hui, on ne voit plus cette île. Il dit que quelque chose dans la mer l'a avalée.

« Un esprit malin ? »

Oh, oui. Ma mère était aussi de cet avis.

« Elle croit aux esprits malins ? »

Elle pense qu'il existe un esprit qui retourne les bateaux de pêche et vide les nasses de homards. Il y en a qui disent qu'un bateau peut être touché par le mauvais sort ; avant qu'il ne puisse reprendre la mer, il faut qu'un prêtre l'asperge d'eau bénite.

« Nous n'avons pas de prêtre, mais un révérend. »

C'est la vérité que je vous dis. Un jour, sur le continent, mon père a parlé avec une femme qui lui a dit qu'elle était née sur l'îlot. Ils étaient dans un pub, près des docks. Il l'écoutait et, soudain, elle a disparu. Il s'est renseigné autour de lui, mais personne ne la connaissait. Personne ne l'avait même jamais vue de ses propres yeux.

« On a du mal à y croire. »

Il faut le croire. Vous devez le croire, vous savez. Pourquoi mentir ? Vous devez le croire.

Recueilli le 17/11/1938 auprès de M. Brith (né en 1919), résidant à Pen Craig (« en haut des rochers »). Voix additionnelle de M. Llan. Histoire familiale.

Ce matin, à mon retour, il y avait une lettre sur le pas de la porte. J'ai reconnu l'écriture et l'encre bleue du stylo-plume. Elle était de Llew. Sa mère avait dû la recevoir et l'apporter. Je l'ai ouverte dehors, adossée au chambranle. Apparemment, sa mère lui avait écrit à propos des chercheurs anglais.

Je pense souvent à toi sur le continent. L'usine, ce n'est pas aussi facile que ce que je croyais. Il y a des emplois, mais trop de gens en cherchent. Tous les matins, on fait la queue à l'entrée en espérant être pris dans une équipe. Les autres et moi. Il y en a un qui chante pour ramasser de l'argent. Il me fait penser à toi.

Tu as trouvé du travail avec les visiteurs anglais ? Ils sont comment ? Mam dit qu'ils sont très polis mais bizarres, que l'homme a des mains aussi lisses qu'une peau de bébé. Llinos va bien ?

L'île me manque beaucoup. Tu te rappelles, au printemps, le puits devant chez moi plein de crevettes ? Je te les montrais chaque année, avec leurs petites pattes. On devait les enlever quand on tirait l'eau. Tu buvais ton thé en serrant les dents pour faire un tamis au cas où on en aurait laissé. J'ai de bons souvenirs de ce temps-là.

Je t'écris pour te dire que j'ai décidé de m'engager. C'est trop dur de se faire embaucher et je ne me vois pas vivre sur l'île. On dit qu'il y aura bientôt une guerre. Le jour où je me suis inscrit, ils m'ont pris en photo et ils m'ont donné du chocolat, une boussole et un couteau Stanley. Je mets dans ma lettre ma photographie de l'armée et une autre boussole dont on m'a fait cadeau. Je me suis dit que cela te ferait plaisir. J'ai calculé que ma caserne est pile à l'est de Rose Cottage.

Si tu veux répondre, tu peux le faire à l'adresse au dos de l'enveloppe.

Puis, écrit à la va-vite au crayon, pas au stylo : *Réponds-moi s'il te plaît.*

La photographie de Llew était belle. Sa peau était claire, ses cheveux bien coiffés. Il ne souriait pas. J'ai pris la boussole et j'ai regardé l'aiguille trembloter.

Je commence à porter mes habits autrement, à les regarder différemment. Je prépare la tenue que je mettrai quand j'irai chanter à Paris pour l'ami d'Edward. Je trie mes beaux vêtements, ceux qui sont en soie ou en velours. Le plus souvent, j'enfile la même tunique, qui gratte et godaille à la taille. Je veux que les autres soient propres dans ma valise à mon arrivée sur le continent. Dans ma tête, je choisis les jupes et les corsages que Llinos mettra en grandissant.

Joan a frappé à notre porte ce matin. Elle avait apporté l'appareil d'Edward pour photographier l'intérieur de la maison. Je ne l'attendais pas et je n'avais rien rangé. Elle m'a assuré qu'elle m'avait prévenue avant la tempête.

Pendant qu'elle prenait des photos de la porte d'entrée et de la cour, j'ai caché nos vieilles assiettes et nos vêtements sales partout où j'ai pu : dans les placards, sous le lit. J'ai jeté par la fenêtre la nappe tachée et j'ai laissé le bois à nu. Comme j'étais encore en chemise de nuit, je me suis changée en vitesse en enfilant la robe que je portais hier, que j'avais pliée sur le dos d'une chaise.

Joan ne disait rien. Je la suivais comme une ombre en essayant de voir la maison avec ses yeux. Les bocaux et les boîtes de conserve qui doivent durer tout l'hiver. Les plantes aromatiques qui sèchent pendues à des crochets. Les vieilles couvertures, les courtepointes. Les chaussures éraflées que Llinos met pour aller à la chapelle, oubliées près de la porte.

Joan m'a dit :

« Ce n'est pas la peine que vous me suiviez partout. C'est presque malpoli.

— Excusez-moi. Vraiment, c'est malpoli ? »

Avec un petit sourire pincé, elle est sortie de la pièce. Je l'ai entendue soupirer, puis le clic-clac de l'appareil.

Pendant qu'elle était occupée, j'ai installé une sorte de décor sur la table. J'ai ressorti une garniture en dentelle qu'on n'a jamais utilisée et je l'ai étalée pour en faire une nappe. Un bougeoir en cuivre, deux bougies neuves. Le sucrier. Une cuiller que j'ai fait briller en la frottant sur ma robe. Quand Joan est revenue, je lui ai montré le résultat.

« Vous en faites trop, Manod. »

Nous préparons le gâteau de Noël. Llinos fouille dans les fruits secs pour retirer les tiges dures. Je pèse le sucre. Les petits grains n'arrêtent pas de tomber sur la table. Llinos les récupère en posant le doigt dessus et les remet dans la jatte d'une pichenette. Elle est concentrée sur sa tâche. Je pourrais la regarder longtemps.

Elle hoche simplement la tête lorsque je dis que je vais finalement partir avec Joan et Edward sur le continent. Elle me demande quand ce sera et je réponds que je ne suis pas sûre. Peut-être au printemps, après que Noël sera passé. Elle continue à tapoter le sucre avec son doigt en soulevant les grains à la lumière.

« J'ai vu Edward dans la cour. Plusieurs fois. Il photographiait la maison. »

Il ne m'en a pas parlé.

On ajoute du beurre en silence. Soudain, un cri dans la cour. Sans lever les yeux, elle dit :

« C'est une petite chouette. »

Je vais à la fenêtre, qui est couverte de buée. Je sens le corps de Llinos, derrière moi. Elle ajoute :

« C'est bon signe. Ça porte bonheur. »

Plusieurs jours ont passé. Je n'ai pas eu de nouvelles de Joan ni d'Edward. Je suis allée à la chapelle et j'ai trouvé les portes fermées à clé. J'ai frappé et, en attendant qu'ils répondent, j'ai regardé les affichettes de la chapelle, la mousse qui pousse derrière la vitre. J'ai fini par rentrer à la maison.

Le révérend m'a dit qu'ils descendaient tous les jours sur la grève. Depuis la colline, je voyais le sable criblé d'empreintes de pas. Le jour où je les ai enfin vus, une grappe d'enfants couraient depuis l'extrémité de la plage, poursuivis par Edward. Ils poussaient des cris, s'amusaient. Je savais qu'ils avaient peur de son appareil, Llinos me l'avait dit. Elle ne l'aime pas non plus, elle pense qu'il ressemble à un œil de chat.

Lorsque je suis arrivée sur le rivage, Edward était assis au milieu des gamins qui lui apprenaient le nom des animaux en gallois : chat, chien, mouton, souris. L'un d'eux tirait sur sa manche en braillant des mots sur les maladies : grippe, toux, fièvre.

Il m'a vue de loin. Je lui ai fait signe de la main. Il a hoché la tête, puis il s'est retourné vers les enfants et leur a demandé en se grattant le menton :

« Quel est le mot pour “cochon” ? Pour “gros cochon” ? Pour “laid” ? » Sa voix s’est noyée dans les rires des enfants.

Je me suis adressée à son épaule.

« Vous allez bien ?

— Comment je dis “Allez-vous-en” ? »

Les gosses se sont écroulés de rire autour de lui. Il s’est tourné vers moi et a croisé rapidement mon regard.

« Je plaisante, Manod. Je collecte des éléments pour l’instant. On se parlera plus tard ? »

J’ai hoché la tête. Il n’a pas attendu ma réponse.

*

Le soir, j’essaie de me concentrer sur ma couture. Mes broderies me manquent et je me demande quand Edward et Joan me les rapporteront. Mes doigts s’impatientent.

En pensant au coussin de prière de ma mère, je dessine un cercle d’arbres avec le fil. Des branches noires, aussi fines que des cheveux. Je commence à broder des oiseaux, mais les couleurs paraissent trop criardes. J’essaie aussi de représenter une belette. Joan m’a dit qu’il y en avait dans la propriété de sa famille. Elle les a décrites, mais je n’en ai jamais vu et celle-ci est bizarre, trop grande ; on dirait un serpent avec de petites pattes. Je suis tellement frustrée que je lâche le cercle par terre, ce qui fait sursauter Elis. Il y a tellement de choses dans le monde que je ne connais pas.

Tad a laissé un journal sur la chaise à côté de moi. Je le prends. Une photo d'hommes au visage fermé défilant au pas dans un uniforme sombre, et un rond laissé par sa tasse de thé. Je vois les mots qu'Edward a prononcés : « fascistes », « chemises noires ». Je pense à Joan qui m'a fait la morale. Elis saute sur mes genoux et pose son museau dans mon cou. Je sens son cœur battre contre mon épaule, ses pattes qui cherchent un endroit confortable pour se reposer.

SJCEG Disque 19

Cette histoire, je l'ai entendue d'un marin en Écosse, pas de quelqu'un du coin, mais mes enfants, mes neveux et nièces l'aiment beaucoup. Je suppose qu'ils la répéteront à leurs enfants. Parce que je leur raconte. Elle commence de différentes façons. Je leur dis qu'elle parle de leur mère, ou de leurs frères et sœurs aînés, ou qu'elle se passe à Noël. Mais la base est toujours la même. Un soir, au crépuscule, un homme voit des fées danser en rond sur une plage. Dès qu'elles l'aperçoivent, elles enfilent en hâte des peaux de phoque et plongent dans l'eau. L'une d'elles reste en arrière, court de-ci, de-là, comme si elle avait perdu quelque chose. L'homme découvre sa peau de phoque avant elle et la jette dans les hautes herbes sur la dune.

Il persuade la fée de l'épouser et elle porte ses enfants. Il voit bien qu'elle essaie toujours de parler aux phoques sur la grève, ou de remettre la main sur sa dépouille, mais elle finit par renoncer. Une année – parfois, c'est un long hiver qui fait disparaître l'herbe, ou un été chaud qui provoque la même chose, ou encore des gamins qui jouent à cache-cache –, ses enfants aperçoivent la peau de phoque dans le sable. Ils la rapportent à la maison en pensant la garder.

Elle s'en saisit aussitôt et s'enfuit. En arrivant sur la plage, son mari la voit se déshabiller, entasser ses vêtements et enfiler la vieille peau. Elle s'enfonce dans la mer et on ne la revoit plus jamais. Qu'arrive-t-il aux enfants ? Je ne vais jamais jusque-là.

Recueilli le 28/11/1938 auprès de P. Howell (gardien de phare en retraite, né en 1850), résidant à Y Tyddyn Bach (« la petite ferme »). Variante de conte folklorique.

Je trouve Joan et Edward sur la grève, en train de photographier un pêcheur qui est dans l'eau. Ils l'ont positionné près de la plage, dans les hauts-fonds au pied des falaises. En temps normal, les pêcheurs n'oseraient pas s'aventurer à cet endroit où les courants se renforcent et peuvent vous projeter contre les rochers. C'est John. Il a des cheveux noirs, des yeux noirs, une barbe noire. Un jour, il m'a montré un tatouage qu'on lui a fait en mer : une sirène qui remonte l'arrière de sa jambe en nageant. Ses vêtements sont trempés et il lutte contre les vagues qui se brisent sur ses hanches.

Joan lui crie :

« Vous pouvez vous jeter en avant ? Comme si vous l'attrapiez à mains nues ? »

Je demande à Edward ce qu'ils font.

« Nous voulons des scènes d'action. Montrer les pêcheurs au travail. Mais je ne tenais pas à monter dans un bateau avec l'appareil et risquer de le mouiller. Donc là, nous donnons simplement un exemple.

— Ce n'est pas comme ça qu'on pêche.

— Je sais, Manod. Nous décrirons votre technique. Cette photo est juste une illustration. Nous mettrons dans la légende…

— Je peux vous aider à la rédiger. »

Quelque chose passe sur son visage. Une pensée que je ne sais pas déchiffrer. Il répond :

« Bien sûr. »

Joan l'appelle. En se retournant, elle me voit et me fait signe de venir. Elle pose les doigts sur l'arête de son nez.

« Manod, pouvez-vous lui expliquer ce que nous souhaitons ? Je voudrais qu'il prenne un casier et qu'il le soulève devant l'appareil. »

Le pauvre John fait peine à voir alors qu'une vague déferle sur ses épaules. L'écume s'étale autour de lui à la surface de l'eau. J'aimerais bien savoir ce qu'ils lui ont promis. Je lui crie en gallois ce qu'on attend de lui. Il hausse les épaules. Je lui demande combien ils le paient. Il répond qu'ils ne le paient pas. Je lui dis que je lui donnerai quelques pièces.

Il finit par se tourner sur le côté et plonger les bras dans l'eau. Il se baisse, disparaît sous la vague qui arrive. Je retiens ma respiration. Joan marmonne quelque chose à voix basse. Edward s'avance avec l'appareil photo. Quand John émerge, le casier dans les mains, il le brandit au-dessus de sa tête. J'entends l'obturateur se déclencher et Joan crier : « Tenez-le ! Tenez-le ! » L'eau dégouline sur le torse de John jusqu'à ce qu'une autre vague le renverse. Je me demande si, dans tout ce tumulte, le homard a réussi à s'échapper.

*

Joan entre la première dans la dépendance et secoue son foulard pour l'égoutter. Je ferme la porte derrière nous. Elle dit d'un ton brusque :

« Je me suis fait saucer. »

Ses cheveux sont foncés à la racine. Elle s'assied à table, moi en face d'elle. Elle me passe du papier et un crayon pour que je commence à transcrire. Elle pose ses lunettes à monture dorée sur son nez et rédige des notes au dos des photos d'Edward. D'habitude, on discute un peu avant de se mettre au travail. Les yeux baissés, elle me dit :

« Je vous envie, Manod, de vivre ici. » Elle lève une photographie et l'examine. « Il reste peu d'endroits comme celui-ci. Je ne suis pas sûre que vous en ayez conscience. »

Elle se remet à écrire. En me triturant les doigts, je me rends compte qu'un de mes ongles s'est décollé. J'essaie de comprendre pourquoi son humeur a changé. Elle me lance un coup d'œil et voit que je l'observe.

« Pourquoi vous avez demandé à John d'aller dans l'eau ?

— Que voulez-vous dire ?

— La mer était démontée aujourd'hui.

— C'est un pêcheur !

— Nous n'apprenons pas à nager comme il faut, je vous l'ai dit. L'océan est trop dangereux, cela ne servirait à rien.

— Bon, il ne s'est pas blessé…

— Il aurait pu. »

Elle termine ses notes en gribouillant fort, donne un coup sec avec la pointe de son stylo pour ajouter un point à la fin d'une phrase.

« Si vous avez quelque chose à dire, Manod, faites-le.

— Je pense que c'était dangereux. Et vous l'avez fait par égoïsme, pour que votre livre soit plus sensationnel.

— Et moi, je pense que vous êtes naïve. Que vous êtes trop jeune, trop protégée, que vous ne savez pas comment marche le monde. »

Sa voix est coupante. Elle soupire, enlève ses lunettes. Je tire sur la petite peau et une goutte de sang se forme au bord de mon pouce.

« Je ferais aussi bien de le dire : j'ai vu du rouge à lèvres sur les vêtements d'Edward. Celui que je vous ai donné, couleur corail. » Je ne dis rien. « Vous devriez faire attention, Manod. Courir après les hommes comme vous le faites…

— Je ne vois pas en quoi cela vous regarde.

— Coucher avec son employeur ! Nous vous avons donné une chance et vous l'avez gâchée. »

Je rougis de honte.

« Edward dit que vous êtes une fasciste. C'est vrai ? » On se dévisage. « J'ai lu des articles sur eux dans le journal.

— J'imagine que vous êtes d'accord avec lui, que ce sont pour vous des idioties.

— C'est difficile de savoir comment marche le monde quand on est si loin de tout. »

Elle se frotte le visage. Je suis surprise de voir qu'elle a les larmes aux yeux. Ses cils sont fins et sombres. Elle a l'air plus vieille qu'en arrivant, avec des plaques sèches sur la figure à cause du mauvais temps. Elle répond :

« Oui, bien sûr. Je suppose que j'en veux surtout à Edward. »

Elle observe mes mains, mais ne tend pas le bras pour les prendre. Elle saisit son stylo, joue avec. Il crache de l'encre noire sur son corsage.

« Je veux juste que le livre soit parfait. Si nous ne parvenons pas à rendre l'atmosphère de l'île, alors il y a… »

Elle ne finit pas sa phrase.

« L'île que vous avez dans la tête… Je ne pense pas qu'elle existe. »

Elle relève le visage. Son stylo-plume appuie sur la page et dessine un cercle noir. Je crois voir la colère passer dans ses yeux. Sans me regarder en face, elle dit calmement :

« Rentrez chez vous, Manod, vous êtes renvoyée. »

Je réplique sur un ton neutre :

« Je suis chez moi. »

Dehors, des enfants s'avancent vers la plage. L'un d'eux a fabriqué un masque en papier de la baleine, avec un rabat pour son sourire plein de dents.

J'aide Llinos à prendre son bain. Son visage rose est rond comme la lune. Je lui demande si Cadoc l'embête encore. Elle ne répond pas et met ses mains devant son corps.

« Ne me regarde pas, s'il te plaît. »

Quand c'est à moi d'aller dans l'eau, je me frotte longtemps avec la brosse jusqu'à ce que mes bras, mon buste, mon cou soient griffés de rouge. Puis je retiens ma respiration et je mets la tête sous l'eau. Une étrange sonnerie dans mes oreilles. J'imagine que je me dissous en une masse de gelée rose et que je me reconstitue. J'imagine que je suis une baleine et que je disparais sous terre.

À la lumière ambrée de la lampe à huile, Leah retire la laine du sac à ses pieds et la dispose sur les peignes en bois, puis elle la glisse entre les clous pour obtenir de longues mèches que j'amincis jusqu'à en faire un fil.

Sa radio se met à grésiller. Elle me demande de l'éteindre, arrête de bouger et dit qu'elle pense vendre sa terre.

« Pourquoi ?

— Pourquoi on le fait ?

— Vous avez besoin d'argent ?

— Dafydd veut partir. Son frère lui a proposé une partie de sa ferme sur le continent. Il dit qu'on peut convoyer les chèvres en bateau et que quelqu'un nous prendra Meg. Merionn, sans doute. » Elle soupire. « Le toit s'effondre. »

Juste à ce moment-là, il laisse passer un long filet d'eau qui coule d'un bout à l'autre de l'alcôve. Le papier peint a déjà pris une couleur jaune qui ne présage rien de bon.

Je lui demande si elle a vu les deux Anglais. Joan ne m'a pas reparlé depuis l'autre jour dans la dépendance. Edward et elle m'ont laissé des traductions sur la table. Je l'ai aperçue à sa fenêtre, je l'ai saluée de la main et elle s'est retournée.

Leah marmonne :

« Il faut que je voie un médecin. Mes doigts… »

Je la regarde frotter ses mains en fermant les yeux à cause de la douleur. Elles paraissent enflées. La laine que je tiens est un peu humide et j'étire mes doigts dessous. Meg, son chien de berger qui sent mauvais, se faufile vers nous et pousse ma cheville avec sa truffe humide.

*

Plus tard, dans la maison endormie, j'entre dans la chambre sans faire de bruit. Je finis de traduire une chanson en écrivant doucement pour ne pas réveiller Llinos avec le grattement du crayon sur le papier. La chanson parle d'un bateau s'approchant d'un phare et qui a besoin d'assistance lors d'une tempête. Des notes tenues pour imiter les vagues. Un cri couvre le vent cruel – la corne de brume, les hurlements des marins. Dans le dernier vers, les hommes tentent de regagner la terre ferme et se noient. Un cheval attend sur la jetée du port.

Au dos de la feuille, il y a des notes de Joan. Je n'avais pas vu que je les avais prises avec ma traduction. Je les lis distraitement.

Chacun des habitants de l'île possède une graine de sagesse, une affinité avec la terre. Comme si l'eau contenue dans leur corps s'était déversée pour créer la mer, tant elle leur est familière. Les veuves de marin, les mères sans enfant portent leur chagrin dans leurs habits noirs, leur peau usée par le sel. L'océan est un amant moqueur qu'on vénère malgré tout dans les broderies, le matériel de pêche, les bottes et les vestes qui se transmettent de génération en génération.

Je les relis plusieurs fois. Je me sens oppressée. De qui parle-t-elle ? Je ne connais pas ces gens. Je déchire la feuille, la jette dans le feu. Je me mets en boule et je tire la couverture par-dessus ma tête. Sous la laine, mes larmes sont grasses, elles ont le goût de la sueur.

*

J'enlève mon tricot et je me mets à la fenêtre en chemise de nuit. Je me frotte les yeux ; je suis fatiguée mais je n'ai pas sommeil. Des mouettes font des cercles au-dessus de moi en criant, la fenêtre grince, le vent qui se glisse dans l'encadrement me fait frissonner. Je suppose que, dans la maison de Leah, ses mains bougent encore, enroulent la laine autour de son outil, l'allongent, la déroulent pour obtenir des fils qui blessent ses articulations enflées. Ses phalanges dures comme la pierre. Et Meg, avec son regard triste, qui ne la quitte pas des yeux. Je suppose qu'Edward est en train de dessiner l'île, de donner vie à tout ce qu'elle renferme. De me dessiner moi, mes mains, mes lèvres. Je ferme les paupières pour repousser ces images. Je ne sais pas combien de temps je reste là, mais, quand je les rouvre, le fond de la cour est éclairé d'une lumière pâle et je suis transie de froid à l'intérieur.

Décembre

Au début du mois de décembre, des hommes sont venus à l'aube découper la baleine sur la plage. Joan était là, elle s'agitait dans tous les sens, serrait des mains en riant.

Je les observais de loin, depuis la colline.

Ils ont travaillé avec méthode. Celui qui avait l'air d'être le chef tenait une écritoire à pince. Ils avaient tracté avec leur bateau une grosse embarcation où ils jetaient la peau et la graisse. À près d'un kilomètre de distance, j'entendais les coups de hache et les gaz qui s'échappaient pendant qu'ils taillaient dans la chair. Cela sentait la viande et la sueur, mais l'odeur s'est estompée dans la matinée.

Le lendemain soir, le révérend Jones nous a raconté ce qui s'était passé. Il a apporté du whiskey à Tad, qui l'a invité à entrer. Je me suis assise près de la porte dans l'espoir d'attraper au vol des nouvelles de Joan ou d'Edward. Elis m'embêtait, me léchait les mains. Je l'ai coincé entre mes genoux pour qu'il se tienne tranquille.

Les hommes faisaient partie du National Salvage Council. Joan les a invités à la chapelle. Le révérend leur a offert du thé et du pain, qu'ils ont pris sur la plage. D'ailleurs, il manquait encore une tasse. C'étaient des gars intelligents, mais ils n'ont pas voulu donner leur nom. Ils ont dit que la baleine serait très utile : la graisse comme combustible, les organes et la peau pour fabriquer de la nourriture pour chiens et de l'engrais. Le révérend leur a répondu : « À vous entendre, on croirait que la guerre est pour demain. »

Ils ont emporté les morceaux de la baleine dans de grands seaux. Le révérend leur a demandé s'ils avaient besoin d'aide pour le squelette. Il pensait que chaque pêcheur pourrait charger un os sur son canot et le transporter au large jusqu'à celui du Council. Ils ont ri. L'un d'eux a fait mine de lever un chapeau et a répondu : « Gardez les os. »

Un bateau a accosté pendant la nuit. Personne ne l'a vu. Lukasz nous en a parlé après. Un navire rempli d'enfants en route pour l'Irlande ; l'escale était prévue pour qu'ils récupèrent du pain et un peu d'eau. Depuis, lorsque je regarde dehors le matin et qu'il fait encore sombre, j'ai l'impression de voir leurs yeux briller comme ceux d'un renard, mais c'est juste la lumière de l'aube sur les rochers. Quelques jours plus tard, Llinos a trouvé sur la plage une étiquette au nom de RUTH STERN. Ruth Stern allait en Irlande et elle avait trois ans. Quand on demande à Lukasz à quoi ressemblaient les enfants, il hausse les épaules. « Ils avaient l'air effrayé. »

Un matin, du papier cloué à la porte de chaque maison. Tomos avec des documents dans un cartable, un marteau et du chocolat plein la poche. La première feuille est une lettre tapée à la machine avec une inscription qui a l'air officielle dans un coin. On nous demande de remplir un tableau qui est sur une autre page. Un Registre national des civils dans l'éventualité d'une guerre, explique la directive. Le Dr Joan Cable a reçu la mission de distribuer les formulaires et de les collecter une fois remplis.

Nom, âge, adresse, profession, état de santé.

Tad a examiné la feuille un long moment. Il s'est tourné vers moi, le doigt sous « coordination ».

« C'est quoi, ce mot, Manod ?

— Ça veut dire travailler ensemble, rassembler. »

J'ai noté les renseignements pour nous trois. J'ai pensé mentir et indiquer que Tad ne voit que d'un œil ou qu'il a un poumon en mauvais état. Que Llinos est plus jeune qu'elle n'est. J'étais préoccupée. J'avais l'impression que l'avenir venait vers moi au galop. Je me suis demandé pourquoi on avait chargé Tomos de clouer les lettres et pas moi. En face de « Profession », à mon nom, j'ai laissé un blanc.

SJCEG Disque 22

Chers amis,
Nous sommes venus
Vous demander la permission
De chanter.

Si vous ne nous la donnez pas,
Dites-nous par une chanson
Comment nous devrons partir
Ce soir.

Avec le vent ou sur l'océan
Passez votre chemin
Nous ne vous accueillerons pas
Ce soir.

Recueilli le 07/12/1938 auprès de G. Llan (né en 1898) et M. Llan (née en 1920), résidant à Y Bwthyn Rhosyn (« la maison aux roses »). Chanson folklorique de type « appel et réponse », dont une variante a été enregistrée dans le Glamorganshire, dans le sud du pays de Galles.

Devant la chapelle, un groupe de femmes et d'hommes forment un cercle autour de Joan, qui distribue des tracts en riant. Au lieu de rejoindre ses camarades, Llinos reste près de moi, fait des ronds dans la terre avec sa chaussure, joue avec son col en dentelle. La lumière d'hiver est nette et froide, les rayons du soleil dessinent des colonnes pâles.

Des hommes examinent un bélier à tête noire qui a un museau de bouledogue. Leurs costumes sombres sont couverts de brins d'herbe sèche qui viennent de sa toison ; ils les retirent un par un et les font tomber à terre. Dai ouvre la mâchoire du bélier pour inspecter ses dents. L'animal roule des yeux fous. Dai le libère, lui tapote le crâne, passe la main sur les frisettes entre ses yeux.

« Comment tu me trouves ? » me demande Leah en lissant le tissu de sa robe verte.

J'ai récupéré une autre aiguille et je l'ai terminée. En voyant ses bottes crottées de terre contre le velours, j'ai envie de rire.

« C'est ma plus belle robe.

— Tu es très jolie, Leah.

— J'en ai une pour toi. Je l'ai laissée devant ta porte. Pour la Mari Lwyd. »

Je la remercie. Llinos me donne un petit coup sur la hanche et je touche sa joue. Quelqu'un demande à propos du bélier :

« Quel âge vous pensez qu'il a ? »

Le bélier donne un coup de tête en arrière. Les hommes poussent des cris pour le calmer, flattent sa croupe. Ils parlent en marmonnant de leurs problèmes avec les moutons comme si c'étaient des proverbes : jambe noire, urine rouge, piétin, mouche tueuse, ver mirliton.

*

Nous chantons des cantiques. Le révérend commence les vers et nous les reprenons tous en chœur ; les paroles se noient dans l'écho de nos voix. Il fait humide et tout le monde frissonne.

Je vois un tract dans la poche de mon père. Je le tire par un coin. Il est écrit : « VIVE LA GRANDE-BRETAGNE ! » Je le reglisse dans sa poche. Il a senti quelque chose et se tourne vers moi. Je lui souris sans montrer mes dents. Pour la première fois, je me rends compte que les cheveux s'écartent au sommet de son crâne et qu'on voit un peu de peau rose.

Les chants continuent autour de moi ; le son monte et descend comme les nuées d'étourneaux qui apparaissent parfois au printemps et repartent aussi vite qu'elles sont arrivées. En levant les yeux vers le premier rang, j'aperçois Edward qui nous enregistre. J'aimerais donner un coup de pied dans l'appareil, casser le disque en deux. Du coin de l'œil, je crois voir que Joan me dévisage, mais c'est peut-être un effet de la lumière.

*

En sortant de la chapelle, je rejoins mon père et les pêcheurs qui sont en train de fumer. L'un d'eux retire son chapeau en me voyant et le fait tourner dans ses mains. Il a un petit bouquet à la boutonnière de sa veste : de l'armérie, une fleur de lilas à moitié fanée.

Edward discute avec les autres, parle un long moment avec Olwen, puis avec sa petite sœur. Olwen a bonne mine, même si sa robe bleu marine plisse à la taille ; elle a enfilé un pull-over à motifs par-dessus le haut. Sa sœur en a une jaune foncé à fleurs marron. Elle a la peau rose et des cheveux qui brillent comme un sou neuf. Elle rit, touche le bras d'Edward. J'entends qu'il lui dit :

« Oh ! J'aime beaucoup votre robe. »

Tad interrompt mes pensées.

« Tu n'as pas froid, Manod ? »

Je fais non de la tête. Il pose quand même son manteau sur moi et laisse sa main sur mon épaule.

Les préparatifs de la Mari Lwyd ont commencé fin novembre. On a tué les oies et les poulets, qui sont conservés sous la glace dans les appentis. On a sorti les trois crânes de cheval du coffre où ils sont entreposés le reste de l'année dans une remise derrière la chapelle. Plusieurs hommes ont nettoyé les toiles d'araignée et les petites bêtes qui les recouvraient.

Les crânes ne sont pas tous de la même taille. Tad se rappelle en quelle année le troisième cheval est mort, mais personne ne se souvient pour les deux premiers. Le dernier appartenait à un fermier qui est décédé lorsque Tad avait mon âge. Il dit que son épouse portait tous les jours du noir, du rouge et du blanc avec un grand chapeau traditionnel, et aussi que le cheval était mort de chagrin après son maître. Selon d'autres rumeurs, le fils aîné du fermier l'aurait tué parce qu'il ne voulait pas qu'il soit réquisitionné pour la Grande Guerre.

On a descendu les crânes sur la grève pour les laver dans la mer. Ensuite, les femmes et les enfants des hommes qui sont allés les chercher les ont décorés en cousant des métrages de tissu de couleurs vives qu'ils ont accrochés à l'arrière pour faire une sorte de crinière. Ils ont aussi peint de petites clochettes qu'ils ont mises à la place des yeux. S'ils n'ont pas de clochettes, ils les remplacent par des œufs.

Je ne sais pas qui a décidé d'enlever le crâne de la baleine de la plage. Il est apparu un jour derrière la chapelle, près de la remise où l'on met ceux des chevaux. On aurait dit que la baleine sortait de terre et que son arrière-train nageait encore dans l'eau.

À mon réveil, ma chambre est baignée d'une lumière étrange. Je vais à la fenêtre ; une pellicule de givre argenté s'est déposée partout. L'hiver arrive toujours petit à petit, puis d'un seul coup. Nos draps et nos habits deviennent humides et froids comme s'ils appartenaient à des escargots.

J'ai trouvé la robe dont Leah m'avait parlé à la chapelle ; elle est en velours framboise. Je l'enfile par-dessus ma chemise de nuit et je dois me contorsionner pour attraper la fermeture à glissière dans mon dos. J'aperçois mon reflet dans la vitre, penché en avant, qui se confond avec l'herbe. Je commence à remonter la tirette, mais la chemise de nuit se prend dedans. Je tire dessus jusqu'à ce que j'entende le tissu se déchirer. J'enlève la robe avec précaution et je la pose sur une chaise. Elle a une mystérieuse tache marron, grosse comme un poing.

*

On tape au carreau. Edward est dehors, élégant dans son costume de tweed gris. Avec cette lumière, ses lunettes luisent comme de l'ambre. Je suis tellement surprise que je croise les bras sur ma chemise de nuit pour cacher ma poitrine. Je lui signifie de faire le tour jusqu'à la porte, mais il secoue la tête.

J'essaie d'ouvrir la fenêtre mais c'est impossible, le gel a dû coller le bois au cadre. Je tire sur les gonds pour les décoincer jusqu'à ce que je voie Edward qui m'observe de l'autre côté, et je me sens mal à l'aise.

« Je peux vous demander de me traduire un dernier mot avant mon départ ? »

À travers la vitre, sa voix est bizarre, un peu maniérée. Il lève un morceau de papier avec un mot écrit au milieu.

« Ça veut dire "coque". Une coque de printemps, plus précisément. Jeune, de moins de deux ans. Certains pêcheurs à pied les laissent pour qu'il y en ait plus l'année suivante. »

Je frissonne.

« Bien.

— Pourquoi vous avez dit, "avant mon départ" ?

— Joan ne vous en a pas parlé ? Nous voulons être chez nous à Noël. Dans deux jours.

— Vous ne restez pas pour la Mari Lwyd ?

— Nous y assisterons dans un village du continent. Il y a une procession près d'Abergele. »

Il pose distraitement la main sur le carreau en écartant les doigts. Je l'imite et il la retire.

« Je vous enverrai un exemplaire du livre.

— Je pensais venir avec vous.

— Pardon ? »

Il met sa main en coupe autour de son oreille ; elle est écarlate à cause du froid.

Il y a des abeilles sur le rebord de la fenêtre. Certaines sont sèches et ratatinées, d'autres, engourdies par le gel, rampent dans la fente entre la vitre et l'encadrement. Un papillon de nuit fait du surplace et se cogne contre le verre dans un bruit sourd.

J'ai l'impression qu'une pierre est tombée dans mon estomac. Je bouge ma langue dans ma bouche, je la passe sur les pointes de mes dents. Je répète :

« Je pensais venir avec vous. »

Il rit, gêné. Son haleine dessine un rond de buée presque parfait.

« Vous pouvez venir quand vous voulez.

— Je voulais dire : avec vous lorsque vous partirez avec Joan.

— Rien ne vous en empêche.

— Je peux vous accompagner ? »

Il enfonce les mains dans les poches de sa veste. Ses yeux courent sur mon visage sans s'arrêter.

« Je crois que le bateau pour notre traversée est assez petit. Il y a tout notre équipement, nos documents. Il vaudrait mieux… Je veux dire, ce serait plus confortable pour vous si… »

Il se retourne comme s'il entendait quelqu'un approcher. Il rougit, de froid ou d'embarras. Je me demande si je rêve. Ma gorge me brûle. Il soupire.

« Manod, si je vous ai fait croire… Parfois, je… je m'emballe. Je ne voudrais pas… »

Je vais en vitesse à la porte et je l'ouvre en grand, mais, une fois que je suis dehors, ma rage se transforme et retombe. À quoi bon faire une scène ? Joan penserait que je suis violente, ils le mettraient peut-être dans le livre. Elis aboie derrière la maison, je sens l'odeur des feux de tourbe, j'entends la mer qui bouillonne, les courants qui montent et qui descendent. Edward vient vers moi.

« Vous vous souvenez de la photographie que Joan a prise de vous ? »

J'ai l'impression qu'il va prendre mes mains dans les siennes, mais il les laisse pendre de chaque côté. Je me dis que sa veste de tweed a l'air très sale après plusieurs mois sur l'île.

« J'ai pensé que vous seriez contente de savoir que nous voulons la mettre dans le livre, avec votre nom. Pour vous remercier du travail que vous avez fait avec nous. »

J'imagine ma photo dans le livre, avec ma robe blanche et mes papillotes, comme une poupée. À côté de celle de John, submergé par les flots, à moitié noyé, cramponné à son casier. Je sens qu'Edward m'observe, attend ma réaction. Je relève les yeux vers la fenêtre, l'intérieur de la maison déformé par le verre épais. Un carré plus clair là où il y avait un cadre.

« Où sont mes broderies ?

— Vos broderies ?

— Elles sont où ? Je peux les récupérer ?

— Oh. Oui, c'est Joan qui les a. Elle a dû oublier de vous les rendre. »

J'entends Dafydd qui fait avancer son troupeau de chèvres vers l'abri ; elles bêlent en descendant la colline.

« Elle vous les rapportera quand nous partirons. Je suis sûr qu'elle avait prévu de vous le dire. »

J'ouvre la bouche, mais, avant que je ne réponde, il est déjà sorti de la cour. Dans le chemin, il crie par-dessus son épaule :

« Nous partons à huit heures. La journée sera belle, en principe. »

Il ajoute autre chose, qui est avalé par le vent.

Je rentre et je laisse la porte se fermer dans mon dos.

Au matin, je descends directement au port, bien avant l'heure qu'Edward a annoncée pour leur départ. J'ai attendu près du feu que Joan rapporte les broderies en me piquant le dos de la main avec une aiguille pour ne pas m'endormir. Je voulais la voir. Elle n'est pas venue.

Il fait froid et je marche vite. Le ciel est plus sombre à l'horizon. J'ai enfilé les chaussures avec lesquelles je vais à la chapelle ; elles sont trop grandes pour moi, le cuir dur brille même dans la lumière faible.

Je m'attendais à ce qu'il y ait une foule sur la plage pour voir partir les deux Anglais, mais elle est vide. Un peu plus loin, Tad et les pêcheurs chargent leurs bateaux ; ils vont vendre les dernières prises de la saison sur le continent. Leurs canots sont identiques : en bois sombre avec des ferrures claires, attachés les uns aux autres par des cordages.

Au bord de l'eau, le révérend tripote distraitement sa bible à couverture noire. Je m'approche à grands pas, en protégeant mes yeux du sable soulevé par le vent. Je l'interpelle. Est-ce qu'il a vu Edward et

Joan ? Il semble surpris de me voir. Un peu essoufflée, je lui demande :

« Ils prennent un bateau plus tard ? Où sont les gens ?

— Plus tard ? Ils sont partis juste avant l'aube. Au cas où le temps tournerait. »

Il fait un geste vers le large. La mer paraît calme. Les pêcheurs le hèlent. Il tousse, se tourne pour les rejoindre. Je le suis. Mes mains tremblent, je les enfonce dans les poches de mon manteau.

« Ils ont laissé quelque chose pour moi ? »

J'ai l'impression que ma voix vient de loin.

« S'ils l'ont fait, ils n'en ont pas parlé.

— Ils avaient des broderies à moi. Joan devait me les rapporter. »

Il s'arrête, l'air pensif, touche le poignet de sa veste à moitié élimé.

« Il y a des documents dans leur chambre. C'est peut-être là-bas. »

Je regarde s'il y a de la pitié sur son visage, mais je ne vois rien. Il se remet à marcher et se retourne tout à coup.

« Ils ont une photo de toi. Je t'ai vue dans la chambre noire. »

Celle du premier jour. Le papier argenté accroché à une ficelle par une pince à linge. Mon visage qui apparaît peu à peu.

*

Je reste un peu au bord de la plage ; le vent plaque mes cheveux sur ma bouche et cache mon visage.

L'hiver est là, les hommes portent presque tous deux vestes et des bottes en caoutchouc. Quand ils ne nouent pas maladroitement leurs cordages, ils soufflent sur leurs mains, les frottent l'une contre l'autre, chargent les bateaux en se passant les caisses et les seaux de poissons. Vus de loin, vêtus des mêmes habits sombres, ils semblent constituer un seul corps qui bouge.

Tad grimpe dans son canot avec Dai, qui lève et baisse la tête pour écoper l'eau au fond de la coque avec un grand seau. Assis dans un bateau sur le rivage, son fils Jacob le regarde.

Tad m'aperçoit et me fait un grand signe. Le vent emporte son chapeau, qui flotte sur l'eau ; on dirait une tête de phoque. Les canots sortent lentement du port. Derrière eux, les vagues forment de gros bouillons blancs, comme un voile de dentelle qui s'étire jusqu'à mes pieds.

*

Leur chambre est dans le noir, les rideaux sont tirés. Par la fente, au milieu, un rayon de lumière éclaire les particules de poussière qui flottent autour de moi. Il y a deux petits lits avec des couvertures en laine à carreaux. Comme partout sur l'île, la pièce sent la paille, l'humidité, les bêtes.

Je commence par le bureau près de la fenêtre ; j'inspecte tous les tiroirs. Je fouille les penderies, la commode, le petit meuble entre les lits. Je vérifie une seconde fois, je sors les tiroirs, je les retourne. Les portes de l'armoire s'ouvrent toutes seules ; elle est vide. Sous les lits, il n'y a qu'une pile de livres du révérend et un crucifix noir qui a été retiré du mur. Mes doigts s'affolent. Je regarde à nouveau partout, en laissant les tiroirs par terre, les draps et les couvertures en tas. Je respire vite. Les documents dont le révérend m'a parlé sont sur la table de chevet. Je les soulève et un morceau de fil rouge que je reconnais, effiloché à un bout, tombe par terre. Mes oreilles bourdonnent. J'ai compris que mes broderies ne sont plus là.

Je me laisse glisser par terre, le dos contre le matelas, en tordant le fil entre mes doigts ; j'essaie de ralentir mon souffle. Mon regard se pose sur les papiers couverts de notes et de petits dessins. Je les feuillette : des croquis de pierres tombales, de collines, et même de l'anguille blanche dans la grotte, dans l'ouest de l'île. Je vois aussi mon nom. On dirait qu'il est inventé : Manod Llan, 30/01/1920. Des portraits de pêcheurs, leurs barbes, leurs chapeaux, leurs visages. Des silhouettes d'enfants qui courent, de femmes ramassant des coques ou réparant des filets. Des moutons à moitié effacés par les indications sur le chemin qui mène au marché aux poissons.

Sur une feuille, un courlis avance dans l'eau claire d'une flaque laissée par la marée. Les mots « tempête » et « mort » dans l'écriture nette de Joan. Il n'y a pas de photographie, ce qui signifie qu'ils ont emporté celle qu'elle a prise de moi le premier jour. En tournant les pages, je tombe sur une feuille couverte de commentaires. Écrits par Edward.

Le contact rapproché avec la nature procure un bonheur que peu de citadins connaissent et qui va de pair avec un désintérêt pour les biens matériels.

Je passe la soirée avec la famille de mon assistante. Le père est un pêcheur côtier de quarante ans qui mesure 1,50 m. Deux filles : l'une est mon assistante, l'autre une enfant. L'aînée a paraît-il dix-huit ans, est célibataire, mûre mais sans expérience. Sera probablement mariée à un îlien. La cadette a le ventre ballonné en raison de l'alimentation à base de pain et de poisson, et des dents minuscules et ébréchées. Il n'est pas fait mention de la mère.

Dessous, une tache d'encre étalée, l'écho d'une queue de baleine.

Pour la première fois depuis longtemps, je pense au jour où notre mère a été retrouvée. Un soir, Lukasz est venu du phare. Il a frappé à la porte et je l'ai fait entrer en essayant de cacher les casseroles et les assiettes pas lavées, la nourriture pas mangée qui était dessus. Sans regarder Tad, il nous a tendu le télégramme et il est reparti.

Elle avait été découverte à une trentaine de kilomètres, sur une plage, entre deux trous d'eau au milieu des rochers, par deux femmes riches qui cherchaient des fossiles.

Nous sommes allés la voir une semaine plus tard. Je me souviens que la traversée, à mi-marée, avait été calme. Llinos jouait avec quelque chose dans sa poche et, en voyant du blanc, j'ai compris ce que c'était. Je les ai pris et je les ai jetés à l'eau. Elle s'est penchée au-dessus du plat-bord pour les regarder couler.

Elle est restée dans le bureau d'une secrétaire qui lui a montré un tableau accroché au mur, des chevaux blancs dans un champ la nuit, et lui a donné des petits caramels emballés dans du papier d'argent.

Tad et moi, on est descendus à la morgue. Un homme en blouse blanche a apporté Mam sur une table en argent et a retiré le drap. J'ai pris sa main ; elle était froide. Un petit fil sortait de sa bouche. Ce n'était pas ma mère, mais un rêve de ma mère. La peau de son bras était argentée, à moitié poisson ; ses jambes étaient collées l'une contre l'autre.

Cela me rappelle le matelot qui avait sauté du bateau au milieu de sa partie de cartes. Je me demande si elle avait ressenti la même chose.

Llinos se réveille. Elle a mal au ventre et, quand elle se lève, sa chemise de nuit est tachée de sang. Elle me demande, les yeux brillants :

« Je suis malade ?

— Non. »

Je l'emmène dans la cuisine et je vais chercher la baignoire en zinc dehors. J'apporte de l'eau froide ; je ne veux pas réveiller Tad en allumant un feu. Je lui montre comment se laver et je roule sa chemise de nuit en boule dans un seau d'eau. Il fait nuit, même Elis dort. C'est comme un secret entre nous. Elle s'accroupit dans la baignoire pour s'asperger et s'appuie sur moi ; sa main est tiède sur ma peau.

Je m'allonge derrière elle dans le lit et j'entoure ses hanches avec mes bras ; la chaleur et la pression soulageront peut-être les douleurs. La pleine lune éclaire le mur. Llinos fait un oiseau avec ses doigts et tend la main, ce qui dessine une ombre à l'autre bout de la chambre. Elle change de position sur l'oreiller et dit tout bas :

« Tu me rapporteras quelque chose d'Angleterre ? »

J'ai oublié de lui dire que je ne m'en allais pas, qu'Edward et Joan étaient partis. Je mens :

« Bien sûr. »

Elle soupire.

« Je ferai mes exercices d'anglais et, après, j'irai te voir. »

Elle tortille ses mains sous les miennes, s'accroche à mes doigts, les serre et les tord ; c'est désagréable mais je ne bouge pas. Quand je me réveille, son dos est trempé de sueur. Sur sa nuque, les petits cheveux forment une boucle parfaite.

Pour fêter la Mari Lwyd, je fais cuire deux homards de Tad que j'ai choisis.

Je les retourne pour voir s'ils ont des œufs. Comme ils étaient dehors, ils sont froids et bougent lentement. Je pose le couteau entre les yeux, comme Tad m'a montré, et je l'enfonce d'un coup.

J'ouvre les carapaces, je retire les intestins brillants et le foie vert. L'odeur familière reste sur mes doigts.

Je fais fondre du beurre et j'ajoute des herbes. Je donne les intestins à Elis.

Les deux corps sont recourbés sur l'assiette. J'appelle Llinos pour qu'elle vienne manger. Elle dit qu'on croirait deux visages qui se regardent. Elle écrit nos noms sur les carreaux blanchis par la vapeur. Ils sont bien alignés. C'est la première fois que je la vois écrire toute seule.

Je me souviens d'une robe que ma mère portait, jaune avec de petites fleurs blanches. Je la revois dans la cour, Llinos bébé dans les bras et chantant pour nous. Je devais être assise sur le seuil. Quand elle se retournait, le tissu s'ouvrait en éventail et formait un rond parfait.

Le jour de la Mari Lwyd, le ciel est teinté de rose. Le temps est lourd, une chaleur qui n'est pas de saison, comme l'intérieur d'une bouche. Je me change au coucher du soleil ; j'enfile ma robe et j'aide Llinos à passer la sienne. En glissant ses bras dans les manches, je me rends compte qu'elle a beaucoup grandi. Elle fait presque ma taille. J'effleure du doigt trois points rouges qu'elle a sur le front. Je la fais asseoir sur une chaise devant moi et je la peigne pour retirer les nœuds. Ses cheveux ne seront jamais lisses, mais je les démêle suffisamment pour natter deux tresses serrées, une de chaque côté, et je noue des rubans verts au bout. Le tissu de sa robe est noir avec des traces blanches, une sorte d'humidité qui s'est mise dedans.

À la tombée du jour, on attend que la Mari Lwyd vienne jusqu'à nous. La maison craque et la mer gronde au loin. Llinos aperçoit la procession la première : les hommes portant les crânes de cheval au bout de longs bâtons, les crinières qui traînent derrière, la lueur orange des bougies montant la colline.

Elle s'écrie, tout excitée :

« Tad est avec eux. C'est lui le meneur ! »

Derrière, quelque chose que je n'arrive pas à distinguer.

Ils frappent à la porte trois fois.

*

La tradition veut qu'on offre de la nourriture aux gens de la procession lorsqu'ils arrivent. Parfois, ils entrent dans la maison et mangent avec nous. Je dis à Llinos d'aller chercher le pain et la bière que j'ai mis de côté pour la Mari Lwyd. Elle éclate de rire en voyant les épaules et la barbe claire de Tad sous le crâne et la crinière en brocart doré. Je reconnais le tissu des rideaux de Leah.

Tad-le-cheval secoue la tête de haut en bas.

« Merci, jeune demoiselle. »

Les hommes et les femmes se passent la nourriture de main en main jusqu'à la brouette, à l'arrière. C'est Tomos qui la pousse ; il a l'air de s'ennuyer. Les deux autres crânes se présentent à la porte. Llinos caresse leurs naseaux. Je n'arrive pas à distinguer qui est dessous. Ils nous posent des questions, comme le veut l'usage, et nous essayons d'y répondre. Llinos chuchote à leur oreille, les embrasse sur la joue. Ils lui donnent un carré de sucre.

Tad prend mon bras et soulève le crâne au-dessus de sa tête.

« Nous avons une surprise. »

Je vois son visage avant de regarder la fin du cortège. Il est rayonnant. Il a l'air jeune et j'imagine comment il était petit.

Six hommes portent le crâne de la baleine sur leurs épaules. Les vieilles femmes de l'île racontent que, pour la Mari Lwyd, les morts reviennent une nuit, guidés par les chevaux – Rhiannon sur sa jument grise. Les crânes posent des devinettes et l'on montre qu'on est plus rusé que la mort et qu'on la trompe si l'on en prononce une qu'elle ne sait pas résoudre. Je murmure quelque chose à l'oreille de la baleine en m'arrangeant pour que les hommes à côté ne puissent pas l'entendre. Une chose que ma mère avait l'habitude de dire. Le crâne fait oui deux fois, puis non. Autour de moi, les gens lancent des cris de joie.

Tout à coup, le visage de ma mère me revient, comme un éclair de lumière sur l'eau.

Je n'ai pas dormi. J'ai regardé la lumière changer dans la chambre, écouté les bruits de la fête de la Mari Lwyd s'éteindre. J'ai laissé mes mains broder quelque chose sans y avoir pensé à l'avance. Sur mes genoux sont apparus un cormoran avec un ruban rose autour du cou, son œil bleu tourné vers moi ; de petites feuilles d'automne ; une bordure de coquilles de moule. À l'aube, j'ai entendu les chèvres bêler sans raison et j'ai enfilé mon manteau.

En montant vers les falaises, j'ai vu le soleil apparaître comme de la neige sur l'eau. Je suis passée devant un piquet où était accroché un crâne de mouton jauni par le temps et les intempéries. Une chenille verte escaladait l'arête de son museau en soulevant sa moitié avant vers le haut et en se balançant. Je me suis souvenue que, lorsque Llinos était petite, je croyais qu'elle communiquait avec les insectes. La chenille a perdu l'équilibre et elle est tombée par terre.

Une traînée de fumée courait du continent jusqu'au milieu du ciel. D'en haut, j'ai aperçu une masse sombre fendre l'eau, un corps qui apparaissait et disparaissait tour à tour. J'ai contemplé l'horizon au-delà de la mer et quelque chose, là-bas, a compris ce que je voulais. J'ai décidé de répondre à Rosslyn.

Je pars sur le continent. Avec Llinos, si elle est d'accord. Je trouverai du travail, j'achèterai une maison.

Et si Dieu a pitié de moi, je ne me marierai jamais.

J'ai fermé les yeux. La mer, derrière mes paupières, est devenue d'un rouge éclatant. Quand je les ai rouvertes, le corps avait disparu et l'eau était illuminée de sa propre lumière.

L'île qui sert de décor à ce roman est fictive, mais elle est inspirée de différentes îles au large de la Grande-Bretagne et de l'Irlande. Certaines communautés insulaires ont continué à prospérer, mais nombre d'entre elles, au cours des deux derniers siècles, ont vu leur population décliner, leur climat devenir de plus en plus rigoureux, leurs terres être vendues à des propriétaires privés et leurs jeunes partir sur le continent.

Celles qui ont particulièrement influencé mon écriture sont les suivantes :

— Bardsey (Ynys Enlli en gallois), au large de la péninsule de Llyn, dans le comté de Gwynedd, au pays de Galles, comptait une soixantaine d'habitants en 1931. En 2019, il ne restait que onze résidents à l'année, dont quatre passaient l'hiver.

— Saint-Kilda (Hiort en gaélique écossais), un archipel isolé des Hébrides extérieures, au nord-ouest de l'Écosse. Ses trente-six derniers habitants furent évacués en 1930. Le bétail et les moutons avaient été convoyés deux jours plus tôt sur le *Dunara Castle*, qui assurait le transport des touristes, pour être vendus sur le continent. Les chiens de bergers furent noyés dans la baie.

— Les Blasket (Na Blascaodí en gaélique irlandais), un groupe d'îles au large de la côte occidentale de l'Irlande, dans le comté de Kerry. Elles furent évacuées en 1953 en raison de la baisse de leur population et de conditions climatiques extrêmes en hiver.

— Les trois îles d'Aran (Oileáin Árann en gaélique irlandais) ou les Aran (na hÁrainneacha), dans la baie de Galway, à l'ouest de l'Irlande. En 1931, Robert J. Flaherty y tourna un documentaire, *Man of Aran* (« L'Homme d'Aran »), qui devint célèbre en raison de ses erreurs factuelles et de ses reconstitutions. Il avait notamment demandé aux îliens, qui ne savaient pas nager, de jouer des scènes de pêche traditionnelle qu'il avait inventées. Par ailleurs, son intrigue était fondée sur une fausse famille dont il avait choisi les membres pour leurs qualités photogéniques. En 2022, 1 347 personnes ont déclaré être domiciliées dans ces îles.

REMERCIEMENTS

L'une des plus grandes chances de ma vie a été de rencontrer les personnes remarquables qui ont permis à cet ouvrage de voir le jour. Merci à mon agent, Matthew Marland, qui a cru en moi dès le début. Merci à Sam, Tristan et toute l'équipe de RCW pour leur confiance et leur aide.

Travailler avec Mary Mount à Picador fut un rêve. Merci Mary, merci Orla. Merci à mon extraordinaire éditrice de l'autre côté de l'Atlantique, Lisa Lucas, et à son assistante Amara. Merci aussi aux formidables éditeurs étrangers qui ont choisi mon étrange petit roman sur des pêcheurs gallois pour lui faire aborder d'autres rivages.

J'ai une dette envers les auteurs qui ont décrit leur existence sur les Blasket, Bardsey, les îles d'Aran et Saint-Kilda. Leurs chroniques de la vie insulaire et de son esprit communautaire aux XIXe et XXe siècles ont étayé bon nombre des situations et des détails quotidiens dépeints dans ce livre. Merci à Brenda Chamberlain, Christine Evans, Andrew McNeillie, Gearoid Cheaist O Cathain, Tomás Ó Criomhthain, Peig Sayers, Muiris Ó'Súilleabháin et Donald John Gillies.

Ma merveilleuse famille m'a apporté le réconfort et la motivation nécessaires pour que je continue à écrire. Merci à mes tantes et à ma grand-mère, aujourd'hui disparue, de leur soutien à toute épreuve. Un merci tout particulier aux membres gallois et irlandais qui ne liront pas ce livre tant il a pris modèle sur ce qu'ils ont vécu. Je n'ai cessé de penser à vous, à votre vie passée à travailler sur la mer et à côté d'elle, à vos voyages à l'intérieur des terres.

Merci à mes amis pour leurs encouragements et leur affection au fil des ans. Beth, Henry, Ella, Lucy, Sophia, Madi et Kat, je vous promets qu'aucun des méchants personnages de ce roman n'est inspiré de vous.

Merci à mes collègues de l'université de Birmingham pour leur aide et leur enthousiasme.

Merci à mon père, qui croit que tous les oiseaux sont sacrés.

Merci à ma mère, pour tout. Et à George, mon lecteur préféré.

Le Livre de Poche s'engage pour
l'environnement en réduisant
l'empreinte carbone de ses livres.
Celle de cet exemplaire est de :
150 g éq. CO_2
Rendez-vous sur
www.livredepoche-durable.fr

PAPIER CERTIFIÉ

Composition réalisée par PCA

Achevé d'imprimer en avril 2025 en France par
MAURY IMPRIMEUR – 45300 Manchecourt
N° d'impression : 284269
Dépôt légal 1re publication : mai 2025
LIBRAIRIE GÉNÉRALE FRANÇAISE
21, rue du Montparnasse – 75298 Paris Cedex 06
marketing@livredepoche.com

12/2655/0